LA CASA DE LA PRADERA IV

UN GRANJERO DE DIEZ AÑOS

LAURA INGALLS WILDER nació en 1867, en una cabaña de troncos, junto a los bosques de Wisconsin (USA). Viajó con su familia a través de Kansas, Minnesota y el territorio de Dakota, como tantas otras gentes colonizadoras. Se casó con Almanzo Wilder y se trasladaron a Missouri, donde vivió hasta el año 1894. Empezó a escribir sus recuerdos en torno a 1930, y desde su publicación en 1935, consiguió el favor del público.

GARTH WILLIAMS. «Mi madre dijo que yo nací el 15 de abril de 1912. La noticia del hundimiento del Titánic llegó al mismo tiempo que yo y fue tan sensacional que no se acordaron de inscribirme en el Registro hasta el 16 de abril».

Así precisa Garth Williams la fecha de su nacimiento en Caldwell, Nueva Jersey. Hijo de artistas, vivió en Francia, Canadá y Gran Bretaña. Estudió pintura, decoración teatral y publicidad, ganó un premio de escultura en Londres y en 1943 inició su carrera como ilustrador de libros infantiles.

Ha ilustrado «Las telarañas de Carlota», de la colección Mundo Mágico, y toda la serie de «La casa de la pradera».

Laura Ingalls Wilder

UN GRANJERO
DE DIEZ AÑOS

Dibujos de Garth Williams

vientos

NOGUER Y CARALT
EDITORES

Título original
Farmer Boy

© 1933, Text copyright by Laura Ingalls Wilder
© 1961, copyright renewed by Roger L. MacBride
© 1969, Copyright renewed by Charles F. Lamkin, Jr.
© 1953, Illustrations copyright by Garth Williams
© 1981, Illustrations copyright renewed by Garth Williams
Published by arrangement with
Harper & Row Publishers, Inc. New York, N.Y., U.S.A.
© 1988, Noguer y Caralt Editores, S.A.
Santa Amelia 22, Barcelona
Reservados todos los derechos
ISBN: 84-279-3224-3

Traducción: Josefina Guerrero
Ilustración: Garth Williams

Segunda edición: octubre 2002

Impreso en España - Printed in Spain
Limpergraf, S.L., Barberà del Vallès
Depósito legal: B - 29742 - 2002

Capítulo Uno

ÉPOCA ESCOLAR

Corría el mes de enero en el estado de Nueva York, hace sesenta y siete años. La nieve se extendía profusamente por doquier. Se acumulaba en los desnudos brazos de robles, arces y hayas e inclinaba hasta el suelo las verdes ramas de cedros y abetos. Montones de nieve cubrían los campos y los muros de piedra.

Por la larga carretera que atravesaba los bosques marchaba dificultosamente un muchachito camino de la escuela en pos de Royal, su hermano mayor, y de Eliza Jane y Alice, sus dos hermanas. Royal tenía trece años; Eliza Jane, doce; y Alice, diez. Almanzo era el más joven de todos y aquél su primer día de escuela porque aún no había cumplido los nueve.

El niño tenía que esforzarse por seguir el paso de los demás transportando al mismo tiempo la fiambrera de la comida.

—¡Tendría que llevarlo Royal! —había protestado—. ¡Es mayor que yo!

Royal marchaba el primero, un hombrecito importante con sus botas.

—No, Manzo —repuso Eliza Jane—. Ahora te toca a ti porque eres el menor.

Eliza Jane era una mandona: siempre sabía qué era lo mejor y obligaba a Almanzo y Alice a obedecerla.

El pequeño corría tras Royal y Alice seguía a Eliza Jane por los profundos surcos formados por los deslizadores de los trineos. A ambos lados se amontonaba la blanda nieve. La carretera descendía por una alargada cuesta, cruzaba seguidamente un puentecillo y se prolongaba durante una milla por los helados bosques, hasta la escuela.

El frío atería los párpados de Almanzo y le entumecía la nariz, pero el muchacho iba confortablemente abrigado con las excelentes prendas que vestía, confeccionadas con lana de las ovejas de Padre. Su ropa interior era de color blanco cremoso, pero su madre había teñido sus ropas exteriores.

Había coloreado el hilo de su chaqueta y de sus pantalones largos con cáscaras de nogal. Luego lo había tejido, empapando y encogiendo la tela hasta formar un paño denso y consistente. Ni el viento ni el frío ni siquiera una espesa lluvia podrían traspasar el excelente paño que hacía Madre.

Para el jubón de Almanzo había teñido una fina lana en tono rojo cereza y tejido una tela suave y delicada. Era una prenda ligera, cálida y de una tonalidad muy viva.

Los largos pantalones marrones del muchacho se abotonaban alrededor de la cintura, en el jubón, con una hilera de botones de brillante latón. El cuello de la prenda se ceñía cómodamente a su barbilla, como asimismo la larga chaqueta de igual color. Madre había confeccionado el gorro que llevaba de idéntico tejido, con confortables orejeras que se ataban bajo la barbilla. Y sus rojos mitones estaban sujetos a un cordón que pasaba por las mangas de su chaqueta y cruzaba por detrás del cuello, a fin de que no los extraviara.

Llevaba un ajustado par de calcetines bajo las perneras de los calzoncillos y otro sobre los largos pantalones marrones y calzaba mocasines, exactamente iguales que los que llevaban los indios.

En invierno, cuando las muchachas salían, se cubrían los rostros con espesos velos. Pero como Almanzo era un muchacho, exponía el rostro al fresco aire. Tenía las mejillas como manzanas y la nariz más colorada que una cereza y tras milla y media de camino se alegró de ver el edificio escolar.

Este se levantaba entre los fríos bosques, al pie de la colina

Hardscrabble. La chimenea despedía humo y el profesor había despejado un sendero hasta la puerta. Cinco muchachos mayores se peleaban entre los montones de nieve acumulados junto al sendero.

Almanzo se asustó al verlos. Royal simuló no tener miedo, pero también lo sentía: eran los grandullones de la colina Hardscrabble temidos por todos.

Destrozaban los trineos de los pequeños para divertirse. A veces, cogían a los niños por pies y manos y los hundían de cabeza en la nieve u obligaban a enfrentarse a dos pequeños contra su voluntad, aunque ellos les suplicaran que los dejasen en paz.

Aquellos muchachos tenían dieciséis o diecisiete años y sólo acudían a la escuela a mitad del trimestre invernal. Habían llegado al extremo de apalear al maestro e interrumpir las clases. Se jactaban de que ningún maestro podía acabar aquel trimestre en la escuela y hasta entonces así había sucedido.

Aquel año el profesor era un joven delgado y pálido llamado míster Corse. Era amable y paciente y nunca pegaba a los pequeños porque no supieran pronunciar alguna palabra. A Almanzo le disgustó pensar que aquellos grandotes pegarían a míster Corse porque no era bastante fuerte para enfrentárseles.

La escuela estaba en silencio y se distinguía el estrépito que los mayores hacían en el exterior. Los restantes alumnos susurraban junto a la gran estufa situada en el centro de la estancia. Míster Corse estaba sentado a su mesa, apoyando la delgada mano en la mejilla y leía un libro. Alzó la mirada y les saludó amablemente:

—¡Buenos días!

Royal, Eliza Jane y Alice le respondieron corteses, pero Almanzo no pronunció palabra. Permaneció junto a la mesa mirando a míster Corse. Este le sonrió y le dijo:

—¿Sabes que esta noche iré contigo a tu casa?

—Sí —respondió Almanzo terriblemente turbado.

—Le toca el turno a tu padre —añadió.

Cada familia del distrito hospedaba al maestro durante dos semanas. Iba de granja en granja hasta que había permanecido quince días en cada una. Entonces cerraba la escuela por aquel trimestre.

A continuación míster Corse dio unos golpecitos en su mesa

con la regla: era hora de comenzar las clases. Niños y niñas ocuparon sus asientos. Las niñas se sentaban en la parte izquierda de la sala y los muchachos en la derecha, separados por la gran estufa y el cajón de leña. Los mayores se instalaban en el fondo y los más pequeños en la parte delantera. Todos los asientos eran del mismo tamaño. Los mayores apenas podían meter las rodillas debajo de las mesas y a los pequeños no les llegaban los pies al suelo.

Almanzo y Miles Lewis pertenecían a la primera clase, por lo que se sentaban en la fila delantera, y no tenían mesa: debían sostener sus cartillas en las manos.

Míster Corse fue hacia la ventana y dio unos golpecitos en el cristal. Los mayores aparecieron en la puerta alborotando y, entre bromas y sonoras carcajadas, irrumpieron con enorme estrépito en la sala. El Gran Bill Ritchie, su cabecilla, era casi tan corpulento como el padre de Almanzo y de puños igualmente enormes. Se sacudió la nieve de los zapatos y se dirigió hacia uno de los asientos posteriores pisando con fuerza. Sus compañeros hicieron asimismo el mayor ruido posible.

Míster Corse no pronunció palabra.

En la escuela no se permitían cuchicheos ni alborotos. Todos debían permanecer absolutamente inmóviles y fijar la atención en sus lecciones. Almanzo y Miles sostenían sus cartillas esforzándose por no balancear las piernas, que se les cansaban y les dolían pendiendo inertes del borde del asiento y a veces daban alguna brusca sacudida instintivamente, sin que Almanzo pudiera evitarlo. Entonces trataba de simular que nada había sucedido, aunque comprendía que a míster Corse ello no le pasaba inadvertido.

En los asientos posteriores los mayores murmuraban, discutían y daban golpes con sus libros.

—No alboroten, por favor —dijo míster Corse secamente.

Por unos momentos guardaron silencio; luego, comenzaron de nuevo.

Querían que el maestro tratara de castigarlos. Cuando lo hiciera, los cinco se precipitarían sobre él.

Por fin fue convocada la primera clase y Almanzo logró escabullirse de su asiento y adelantarse con Miles hacia la mesa del profesor. Míster Corse cogió su cartilla y le hizo deletrear las palabras.

Cuando Royal estaba en aquella clase, solía regresar por la noche a casa con la mano roja e hinchada porque el profesor le había golpeado la palma con una regla por no saberse la lección. Entonces Padre decía:

—Si el maestro ha de volver a castigarte, te daré una paliza que no olvidarás, Royal.

Pero míster Corse nunca pegaba a los pequeños en la mano con la regla. Cuando Almanzo no sabía una palabra, le decía:

—Quédate durante el recreo y estúdiala.

Las niñas disfrutaban en primer lugar del recreo. Se ponían sus capas y capuchas y salían ordenadamente. Al cabo de quince minutos míster Corse las avisaba con unos golpecitos en la ventana y volvían a entrar. Colgaban sus ropas junto a la puerta y cogían de nuevo sus libros. Entonces les tocaba el turno a los muchachos durante otros quince minutos.

Los chicos salían gritando. Lo primero que hacían era lanzarse bolas de nieve unos contra otros y, los que tenían trineos, subían la colina Hardscrabble y se lanzaban boca abajo sobre ellos, deslizándose por la larga y escarpada cuesta. Se revolcaban por el helado suelo, corrían, peleaban y se frotaban entre sí las caras con la nieve gritando con todas sus fuerzas.

A Almanzo le avergonzaba tener que quedarse en clase durante el recreo porque debía permanecer con las niñas.

A mediodía se les permitió moverse por la sala de clase y charlar discretamente. Eliza Jane abrió la fiambrera en su mesa; contenía pan con mantequilla y salchichas, buñuelos, manzanas y cuatro deliciosos pastelillos de gruesa corteza rellenos de blandos trocitos de manzana y sabroso jugo marrón.

Cuando Almanzo apuró la última miga de los pastelitos y se hubo chupado los dedos, bebió agua del recipiente que estaba en el banco del rincón con un cazo dispuesto para tal fin. Entonces se puso su gorra, abrigo y mitones y salió a jugar.

El sol brillaba en el cielo. La nieve lanzaba deslumbrantes destellos y los acarreadores de leña descendían por la colina Hardscrabble. Amontonaban la leña en los grandes trineos y restallaban sus látigos vociferando a los caballos que hacían sonar sus campanillas.

Los niños corrieron a enganchar sus pequeños trineos en los deslizadores de los trineos de carga y los muchachos que no los tenían se subieron en los montones de leña.

Dejaron atrás alegremente la escuela y se precipitaron por la carretera. Llovían las bolas de nieve. Los muchachos peleaban sobre la carga, empujándose unos a otros hacia los montones de hielo. Almanzo y Miles bajaron gritando en el trineo de Miles.

Parecía que había pasado un momento desde que habían salido de la escuela, pero les costó mucho más regresar. Primero caminaron, luego se apresuraron y por fin corrieron jadeantes temiendo llegar tarde. Entonces comprendieron que se habían retrasado y que míster Corse les castigaría a todos.

La escuela estaba en silencio. No se atrevían a entrar, pero debían hacerlo. Se introdujeron sigilosamente. El profesor estaba sentado a su mesa y las muchachas en sus asientos simulando estudiar. En el lado destinado a los muchachos, no había nadie.

Almanzo se instaló en su silla entre aquel espantoso silencio. Cogió su cartilla y procuró contener el aliento. Míster Corse seguía sin decir palabra.

A Bill Ritchie y sus compinches no les importaba e hicieron el mayor ruido posible cuando se dirigieron a sus asientos. El maestro aguardó a que callaran.

—Por esta vez disculparé su retraso —dijo finalmente—, pero que no vuelva a suceder.

Todos sabían que los grandotes se rezagarían de nuevo y que míster Corse no les castigaría porque podían zurrarle y eso era lo que se proponían.

Capítulo Dos

ATARDECER DE INVIERNO

El aire era helado y las ramas crujían por causa del frío. La nieve despedía una luz grisácea, pero las sombras se acumulaban en los bosques. Ya había oscurecido cuando Almanzo remontaba penosamente la última y prolongada cuesta que conducía a la granja.

El muchacho se apresuraba detrás de Royal, que a su vez iba en pos de míster Corse. Alicia marchaba tras Eliza Jane, en el surco paralelo formado por los trineos. Se cubrían las bocas para resguardarse del frío y no decían palabra.

El tejado de la alta casa pintada de rojo estaba cubierto de nieve y de los aleros pendía una hilera de grandes carámbanos. La parte delantera del edificio estaba a oscuras, pero hasta los grandes establos llegaba un sendero abierto por los deslizadores de los trineos y se había despejado asimismo otro camino hasta la puerta lateral. En las ventanas de la cocina brillaba la luz de las velas.

Almanzo no entró en la casa. Entregó la fiambrera a Alice y acudió a los establos con Royal.

Había tres vastos, enormes establos en sendos extremos del patio cuadrado: eran los mejores establos del país.

Almanzo entró en primer lugar en el destinado a las caballerizas. Estaba frente a la casa y medía cien pies de largo. La hilera de cuadras de los caballos estaba en el centro, en un extremo se hallaba el cobertizo de las terneras, más allá el confortable gallinero y, en el extremo opuesto, la cochera donde se guardaban las calesas. Era tan grande que cabían dos, podía meterse el trineo y aún sobraba espacio para desenganchar los caballos, que pasaban desde allí a sus cuadras sin exponerse de nuevo al frío.

El Gran Establo comenzaba en la parte oeste de las caballerizas y constituía la parte occidental del patio cuadrado. En el centro del Gran Establo estaba la Era. Grandes puertas daban a ella desde las praderas para poder cargar los carros de heno. A un lado se encontraba un henil inmenso, de cincuenta pies de largo y veinte de ancho, atestado hasta lo alto del techo.

Más allá de la Era del Gran Establo había catorce cuadras para vacas y bueyes y, a continuación, el cobertizo de la maquinaria. Luego, al volver la esquina, se encontraba el Establo Sur.

Allí estaban los graneros, las porquerizas, los establos de las terneras, la Era del Establo Sur, aún mayor que la del Gran Establo y que se utilizaba para trillar, y asimismo se encontraba la aventadora.

En la parte oriental del patio se levantaba una empalizada maciza de doce pies de altura. Los tres enormes establos y la cerca rodeaban el confortable patio, al que azotaban vientos ululantes y la tormenta, pero sin poder penetrar en él. Por muy inclemente que fuese el invierno, apenas se habían filtrado más de dos pies de nieve en el resguardado recinto.

Cuando Almanzo entraba en los grandes establos pasaba siempre por la puertecilla de las caballerizas. Era un entusiasta de los caballos que se encontraban en las espaciosas cuadras, limpios y lustrosos, con sus largas y negras crines y colas. Los mansos y plácidos animales de tiro comían heno tranquilamente. Los de tres años juntaban sus testeras a través de los barrotes y parecían susurrarse algo entre sí. Luego pasaban rápidamente los ollares por los cuellos de sus compañeros simulando morderlos y chillaban, se revolvían y coceaban jugando. Los caballos viejos volvían las cabezas y miraban a los jóvenes con aire paternal. Pero los potros corrían excitados con sus desgarbadas patas y les observaban sorprendidos.

Todos conocían a Almanzo. Enderezaban las orejas y les brillaban los ojos dulcemente cuando le veían. Los de tres años se acercaban impacientes y asomaban las cabezas para acariciarlo. Sus narices salpicadas de algunos pelos tiesos, eran suaves como terciopelo y el corto y suave vello de sus testeras parecía delicada seda. Arqueaban orgullosos los cuellos, firmes y redondos, sobre los que caían las negras crines como espeso flequillo. Era agradable pasarles la mano por los cuellos firmes y curvados bajo la cálida crin.

Pero Almanzo no se atrevía a hacerlo: no le estaba permitido tocar a aquellos hermosos animales. No podía entrar en sus establos ni siquiera limpiarlos. Sólo tenía ocho años y Padre no le autorizaba a acercarse a los caballos jóvenes ni a los potros. Padre aún no confiaba en él porque los potros y los caballos jóvenes y sin domar se echan fácilmente a perder.

Un muchacho ignorante podía asustar a uno de aquellos animales jóvenes, importunarlos o incluso sobresaltarlos y eso los estropearía: entonces aprenderían a morder, cocear y odiar a la gente y jamás serían buenos caballos.

Almanzo se guardaría mucho de ello: nunca asustaría ni causaría ningún daño a aquellos hermosos potros. Se mostraba siempre reposado, amable y paciente con ellos. Jamás les sobresaltaba, chillaba ni siquiera aunque le pisaran. Pero Padre no lo creía así.

De modo que debía limitarse a mirar anhelante a los impacientes animales. Acarició sus narices de terciopelo, se alejó rápidamente de ellos y se puso el guardapolvo para proteger las excelentes ropas que vestía para ir a la escuela.

A los cerdos no había que prepararles los lechos porque ellos mismos se los hacían y los mantenían muy limpios.

En un departamento del Establo Sur estaban los dos terneros de Almanzo. Los animales acudieron apresuradamente a la valla en cuanto le vieron. Ambos eran rojos y uno de ellos tenía una mancha blanca en el testuz por lo que Almanzo le había dado el nombre de Estrella. Al otro, de un absoluto y radiante rojo, lo llamaba Brillante.

Estrella y Brillante eran terneros jóvenes: aún no habían cumplido el año. Los cuernecitos comenzaban a endurecerse entre el suave plumón de sus orejas. Almanzo les rascó el testuz porque sabía que les gustaba. Introducían sus húmedos y romos hocicos entre los barrotes y le lamían las manos con sus ásperas lenguas.

Cogió dos zanahorias del pesebre de las vacas, las cortó a pedacitos y se los dio.

A continuación recogió su horca y se subió sobre las gavillas de heno. Allí, en lo alto, reinaba la oscuridad, sólo alcanzaba el destello de alguna lucecita que se filtraba por los agujeritos de la linterna de hojalata que pendía del callejón. A Almanzo y a su hermano no les permitían llevar linternas al henil por temor a que provocasen un incendio. Pero al cabo de unos momentos su visión se adaptaba a la oscuridad.

Trabajaban rápidamente echando la hierba en los pesebres que tenían debajo. Almanzo distinguía el ruido que hacían los animales comiendo. Las gavillas conservaban el calor del ganado y el heno olía a dulce polvo. También se percibía olor a caballos y a vacas así como a lana de las ovejas. Y antes de que los mucha-

chos acabaran de llenar los pesebres, percibían el agradable aroma de la leche caliente y espumosa que caía en el cubo de Padre.

Almanzo cogió su banquito y un cubo y se instaló en el establo de Florita para ordeñarla. Aún no tenía bastante fuerza en las manos para enfrentarse a una vaca lechera difícil, pero sí podía ordeñar a Florita y a Capitana. Eran vacas buenas y viejas que daban fácilmente su leche, casi nunca sacudían enojadas sus colas ni volcaban la leche de una coz.

Se sentó con el cubo entre los pies y ordeñó prudentemente. Derecha e izquierda, zis, zas, los chorros de leche caían en el recipiente mientras las vacas mascaban el grano y mordisqueaban sus zanahorias.

Los gatos del establo se enroscaban en los rincones del recinto ronroneando ruidosamente. Estaban gordos y lustrosos de tanto comer ratones. Aquellos gatos tenían grandes orejas y rabos, señales evidentes de ser buenos cazadores. Noche y día patrullaban por los establos impidiendo que los roedores acudieran a los recipientes de comida y, a la hora de ordeñar, apuraban los cuencos llenos de cálida leche.

Cuando Almanzo hubo concluido, sirvió sus raciones a los gatos. Padre entró en el establo de Florita con su cubo y se instaló para apurar los últimos restos de su excelente leche, pero Almanzo la había extraído totalmente. Luego entró en el establo de Capitana y salió al punto diciendo:

—Ordeñas muy bien, hijo mío.

Almanzo giró en redondo y dio una patada en la paja que cubría el suelo. Estaba demasiado satisfecho para decir nada. Ahora podría ordeñar él solo las vacas: no sería necesario que Padre acudiese a apurar las ubres después de él. No tardaría en ordeñar las lecheras más difíciles.

El padre de Almanzo tenía hermosos y chispeantes ojos azules. Era corpulento, con luenga y suave barba y cabellos castaños. El guardapolvo de lanilla marrón pendía por encima de sus altas botas. Las partes delanteras se cruzaban en el amplio pecho y llevaba la prenda holgadamente sujeta a la cintura de modo que el faldón colgaba sobre los pantalones de excelente paño marrón.

Padre era un hombre importante. Tenía una granja magnífica, poseía los mejores caballos del país, su palabra era firme garantía y cada año ingresaba dinero en el banco. Cuando Padre llegaba a Malone, la gente de la ciudad le hablaba con respeto.

Royal apareció con su cubo de leche y su linterna.

—Padre, hoy ha venido a la escuela el Gran Bill Ritchie —murmuró.

Los agujeros de la linterna de hojalata despedían lucecitas y sombras por doquier. Padre se acarició la barba y movió lentamente la cabeza con aire grave. Almanzo aguardó ansioso, pero su padre se limitó a coger la linterna e inspeccionar por última vez los establos para comprobar que todo quedaba en orden por aquella noche. Luego se dirigieron a la casa.

Hacía un frío terrible. La noche era cerrada y tranquila y las estrellas proyectaban diminutos destellos en el cielo. Almanzo se alegró de entrar en la grande y confortable cocina, donde ardía un buen fuego y la luz de las velas. Estaba muy hambriento.

En el fuego se calentaba agua del bidón de lluvia. Primero Padre, luego Royal y, por último Almanzo, se lavaron sucesivamente en la jofaina que estaba en el banco junto a la puerta. Almanzo se secó en la toalla rodante de hilo y luego se plantó ante el espejito de la pared, se hizo la raya y se alisó pulcramente los mojados cabellos.

La cocina estaba llena de miriñaques que se agitaban de un lado para otro. Eliza Jane y Alice se apresuraban a disponer la mesa para la cena. El sabroso olor a jamón frito roía el estómago de Almanzo.

Se detuvo un momento en la puerta de la despensa. Madre, de espaldas a él, colaba la leche al fondo de la larga habitación. A ambos lados las estanterías estaban atestadas de cosas excelentes para comer. Allí se amontonaban grandes quesos amarillos, enormes pastillas marrones de azúcar de arce, crujientes hogazas de pan recién cocido y cuatro grandes tortas, y una estantería estaba totalmente repleta de pasteles, uno de los cuales estaba cortado y de él se había deprendido un trocito de tentadora corteza en el que nadie repararía.

Aún no se había movido Almanzo cuando Eliza Jane exclamó:

—¡No lo hagas! ¡Madre!

Madre no se volvió.

—¡Deja eso, Almanzo! Echarías a perder tu cena.

Aquello era tan absurdo que el muchacho se enojó. Un bocadito como aquél no podía estropear una cena. Estaba muerto de hambre y no le permitirían probar bocado hasta que hubieran servido la mesa. No tenía ningún sentido. Pero desde luego no podía decírselo a su madre: tenía que obedecer sin rechistar.

Le sacó la lengua a Eliza Jane que no pudo hacer nada ya que tenía las manos ocupadas. Luego pasó rápidamente al comedor.

La luz de la lámpara le deslumbró. Junto a la estufa rectangular empotrada en la pared, Padre hablaba de política con míster Corse. Padre estaba frente a la mesa y Almanzo no se atrevió a tocar nada de lo que allí se encontraba.

Había lonchas de apetitoso queso, una bandeja de palpitante gelatina de cerdo, platos de cristal con compotas, gelatinas y confituras, una jarra de leche y una humeante cacerola de habichuelas cocidas con un dorado pedazo de grasa de tocino de crujiente y tostada corteza.

Almanzo lo observaba todo y algo se retorcía en su interior. Tragó saliva y avanzó lentamente.

El comedor estaba precioso. En el empapelado color chocolate de la pared aparecían franjas verdes y guirnaldas de florecillas y Madre había tejido la alfombra con retales que hacían juego, tiñéndolos en verde y chocolate y trenzándolos a franjas con una lista diminuta intercalada de retales retorcidos, rojos y blancos. Las altas alacenas de las esquinas estaban llenas de objetos fascinantes: conchas marinas, troncos fosilizados y extrañas piedras y libros. Sobre la mesita de centro pendía un castillo aéreo que había hecho Alice con pajas amarillas y limpias de trigo sutilmente unidas con fragmentos de telas de vivos colores en las esquinas, que oscilaban y se agitaban al menor soplo de aire y la luz de la lámpara resplandecía en las doradas pajas.

Pero para Almanzo el espectáculo más hermoso era Madre portadora de la gran fuente de mimbre llena de jamón frito.

Madre era bajita, rellenita y muy linda. Tenía los ojos azules y sus cabellos castaños eran como las suaves alas de un pájaro. Una hilera de botoncillos rojos iba de arriba abajo de su vestido de lana color vino, desde el delicado cuello de hilo blanco hasta el albo delantal atado en la cintura. Las grandes mangas pendían como grandes campanas rojas a cada extremo de la bandeja azul. Cruzó la puerta con una breve pausa y un tirón porque su miriñaque era más amplio que el vano.

El olor de jamón era casi irresistible para el muchacho.

Madre dejó la bandeja en la mesa. Comprobó que todo estaba en orden y que no faltaba detalle, se quitó el delantal que colgó en la cocina y aguardó a que Padre concluyera lo que estaba diciendo a míster Corse.

—La cena está preparada, James —dijo finalmente.

Pareció que transcurría mucho tiempo hasta que todos estuvieron en su sitio. Padre se sentó a la cabecera de la mesa y Madre a los pies. Luego todos inclinaron las cabezas mientras Padre rogaba a Dios que bendijera los alimentos. Después se produjo una breve pausa mientras que Padre desdoblaba la servilleta y se la metía en la tirilla del cuello.

Comenzó a servir los platos. Primero el de míster Corse, luego el de Madre, seguidamente el de Royal, Eliza Jane y Alice y, por último, el de Almanzo.

—Gracias —dijo Almanzo.

Aquéllas eran las únicas palabras que se le permitía pronunciar en la mesa. Los niños deben ser vistos, pero no oídos. Padre, Madre y míster Corse podían hablar, pero Royal, Eliza Jane, Alice y Almanzo no debían pronunciar palabra.

El muchacho se comió las dulces y mantecosas habichuelas cocidas, devoró el pedazo de cerdo salado que se deshizo como crema en su boca, dio buena cuenta de las harinosas patatas guisadas con dorada salsa de tocino y apuró el jamón. Hincó ávidamente los dientes en el esponjoso pan impregnado de untuosa mantequilla y saboreó su crujiente y dorada corteza. Arrasó un montón de descolorido puré de nabos y otro de calabazas amarillas cocidas y devoró la compota de ciruela, la mermelada de fresas, la gelatina de uvas y las sabrosas conservas de cortezas de sandía. Por fin se sentía satisfecho. Mordisqueó lentamente un gran pedazo de pastel de calabaza.

—Royal me ha dicho que los muchachos de Hardscrabble han ido hoy a la escuela —decía en aquellos momentos Padre a míster Corse.

—Sí —respondió el maestro.

—Creo que se proponen echarle.

—Temo que lo intentarán —repuso el profesor.

Padre se sirvió té en su platillo, lo probó, lo vació y vertió un poco más.

—Ya han echado a dos maestros —prosiguió—. El año pasado golpearon a Jonas Lane de tal modo, que poco después murió.

—Lo sé —dijo míster Corse—. Jonas Lane y yo habíamos ido juntos a la escuela: era amigo mío.

Padre no hizo más comentarios.

CAPÍTULO TRES

NOCHE DE INVIERNO

Después de cenar, Almanzo engrasó sus mocasines. Cada noche se sentaba junto a la estufa de la cocina y los untaba con sebo que derretía aproximándolos al calor y frotándolos con la palma de la mano. Sus mocasines siempre serían suaves y cómodos y le mantendrían los pies secos mientras el cuero estuviera bien engrasado, por lo que los frotaba insistentemente hasta que no podían absorber más grasa.

Royal se sentaba junto a la estufa y asimismo engrasaba sus botas. Almanzo aún no tenía botas: debía calzar mocasines porque era pequeño.

Madre y las niñas lavaron los platos y barrieron la despensa y la cocina. Abajo, en el gran sótano, Padre cortaba zanahorias y patatas para alimentar a las vacas al día siguiente.

Cuando hubo concluido, Padre subió del sótano con una gran jarra de dulce sidra y una fuente llena de manzanas. Royal cogió la freidora metálica de palomitas y un cacillo lleno de granos de maíz. Madre preparó el fuego de la cocina con cenizas para pasar la noche y, cuando todos salieron de allí, apagó las velas.

A continuación se instalaron cómodamente junto a la gran estufa adosada a la pared del comedor. La parte posterior de la estufa daba al gabinete donde sólo entraban cuando había visitas. Era una magnífica estufa que caldeaba el comedor y el gabinete, su chimenea calentaba los dormitorios del piso de encima y su parte superior era un horno.

Royal abrió el portillo y rompió los leños carbonizados con un

atizador, convirtiéndolos en una capa de brasas. Echó tres puñados de granos de maíz en la gran freidora y lo agitó sobre las brasas. Al cabo de unos momentos reventó un grano, luego otro, después tres o cuatro a la vez y, de pronto, furiosamente, estallaron al
unísono centenares de puntiagudos granitos.

Cuando la gran cacerola estuvo llena de esponjosas y blancas
palomitas de maíz, Almanzo vertió sobre ellas mantequilla derre-
tida y las removió y saló. Estaban calientes, crujientes y deliciosa-
mente mantecosas y saladas y comieron tantas como quisieron.

Madre estaba tejiendo y balanceándose en su mecedora de
alto respaldo; Padre tallaba cuidadosamente un nuevo mango
para el hacha con un trozo de cristal roto; Royal formaba una
cadena de diminutos eslabones con una varilla lisa de pino, y
Alice estaba sentada en su almohadón bordando con lanas. Y todos comían palomitas y manzanas y bebían dulce sidra, salvo
Eliza Jane que leía en voz alta las noticias de un semanario neo-
yorquino.

Almanzo se sentaba en una banqueta junto a la estufa con una
manzana en la mano, un cuenco de palomitas al lado y su jarrita
de sidra en la chimenea, junto a los pies. Mordía la jugosa man-

zana, comía seguidamente palomitas y, por último, bebía tragos de sidra. Entretanto pensaba en las rosetas de maíz.

Las rosetas de maíz son americanas. Sólo los indios conocían su existencia cuando los Padres Peregrinos llegaron a América. El primer día de Acción de Gracias invitaron a comer a los indios y, cuando éstos hicieron acto de presencia, echaron en la mesa un gran zurrón de palomitas de maíz. Los Padres Peregrinos no sabían qué era; las Madres Peregrinas tampoco lo conocían. Los indios las habían frito, pero probablemente no serían muy buenas: seguramente no les añadieron mantequilla ni sal y estarían frías y duras después de transportarlas en sus zurrones de cuero.

Almanzo examinaba cada grano antes de comérselo. Todos tenían diferentes formas. Había comido miles de puñados de palomitas de maíz y nunca había encontrado dos iguales. Pensó que si tuviera un poco de leche se la tomaría con ellas.

Si se llena un vaso de leche hasta el borde y otro de igual tamaño también hasta el borde de palomitas de maíz y se van metiendo grano a grano en la leche, ésta no se vierte. Es algo que no puede hacerse con el pan: las palomitas de maíz y la leche son las dos únicas cosas que caben en un mismo sitio.

Y también son buenas para comer. Pero Almanzo no estaba muy hambriento y sabía que Madre no quería que tocasen las lecheras. Si se remueve la leche cuando se está formando la nata, no espesará bastante. De modo que comió otra manzana y acompañó las palomitas de maíz con la sidra sin comentar nada acerca de bebérselas con leche.

El reloj dio las nueve: era hora de acostarse. Royal dejó su cadena y Alice su labor. Madre clavó las agujas en el ovillo de hilo y Padre dio cuerda al gran reloj, puso otro leño en la estufa y cerró los registros de humos.

—La noche es fría —comentó míster Corse.

—Estamos a más de veinte grados bajo cero —repuso Padre— y casi con toda seguridad hará más frío antes de que despunte el nuevo día.

Royal encendió una vela y Almanzo le siguió soñoliento hacia la puerta de la escalera. El frío que allí reinaba le espabiló totalmente. Subió corriendo la escalera. El dormitorio estaba tan helado que apenas podía desabrocharse las ropas y ponerse su largo camisón de lana y su gorro de dormir. Debía arrodillarse y decir sus oraciones, pero no lo hizo. Le dolía la nariz a causa del frío y los dientes le castañeteaban. Se sumergió en el suave lecho de plumas de ánade, entre las mantas, y se cubrió con la colcha hasta la nariz.

No se enteró de nada más hasta que el alto reloj del piso inferior dio las doce. La oscuridad le cubría los ojos y la frente y parecía llena de espinas de hielo. Alguien se movía por abajo y cerraba la puerta de la cocina. Comprendió que Padre iba al establo.

Ni siquiera en aquellos inmensos establos cabía la abundancia de vacas, bueyes, caballos, cerdos, terneras y ovejas que poseía Padre. Veinticinco reses jóvenes debían dormir en el patio, bajo un cobertizo. Si permanecían inmóviles toda la noche, con temperaturas tan frías como aquéllas, podían helarse durmiendo. De modo que a media noche, entre el frío más intenso, Padre abandonaba su caliente lecho e iba a despertarlas.

Espabilaba al joven ganado entre el frío y la oscuridad. Restallaba su látigo y corría tras ellos, arriba y abajo del establo. Corría y los hacía galopar hasta que se calentaban con el ejercicio.

Almanzo abrió de nuevo los ojos y descubrió la luz de la vela chisporroteando en la cómoda. Royal se estaba vistiendo y su aliento se condensaba en el aire. La luz de la vela era tenue, como si las tinieblas trataran de apagarla.

De pronto Royal desapareció y también la vela y oyó a Madre llamándole desde el pie de la escalera.

—¿Qué te pasa, Almanzo? ¿Estás enfermo? Son las cinco.

Salió tiritando del lecho. Se puso los pantalones y el jubón y bajó corriendo la escalera para abrochárselo junto a la estufa de la cocina. Padre y Royal ya habían ido a los establos. Almanzo cogió los cubos de leche y salió apresuradamente. La noche parecía inmensa y tranquila y las estrellas brillaban como escarcha en el negro cielo.

Cuando hubieron concluido las tareas y regresó con Padre y Royal a la confortable cocina, el almuerzo estaba casi preparado. ¡Qué bien olía todo! Madre freía tortitas y mantenía caliente la gran fuente azul en el fogón de la estufa llena de rollizos bollos de salchichas tostados en salsa dorada.

Almanzo se lavó lo más deprisa posible y se peinó. Se sentaron en cuanto Madre acababa de colar la leche y Padre bendijo la mesa para el almuerzo.

Había gachas de avena con abundante nata y delicioso azúcar de arce, patatas fritas y dorados bollos de alforfón de los que Almanzo comió abundantemente hasta saciarse, con salchichas y salsa o mantequilla y jarabe de arce. Había conservas, mermeladas, gelatinas y rosquillas. Pero lo que más le gustaba a Almanzo era el sabroso pastel de manzana con su denso y rico jugo y su corteza crujiente: dio buena cuenta de dos grandes pedazos.

Luego, cubriéndose las orejas con las cálidas orejeras de su gorro, bien tapada la nariz con la bufanda y cogiendo la fiambrera en la enguantada mano emprendió un día más el largo camino para enfrentarse a otra jornada escolar.

Hubiese preferido no ir: no quería estar presente cuando los chicos mayores zurrasen a míster Corse. Pero no le quedaba otro remedio porque tenía casi nueve años.

Capítulo Cuatro

SORPRESA

Cada mediodía los acarreadores de leña descendían de la colina Hardscrabble y los muchachos enganchaban sus trineos a los
deslizadores de los trineos mayores y se precipitaban hasta la carretera. Pero hacían un breve recorrido y regresaban a tiempo.
Sólo al Gran Bill Ritchie y sus amigos no les importaba que míster Corse, a no tardar, tratara de castigarlos.

Un día estuvieron ausentes hasta después del recreo. Entraron
ruidosamente en la escuela sonriendo con descaro al profesor.
Míster Corse aguardó hasta que estuvieron en sus asientos. Luego
se levantó muy pálido y dijo:

—Si esto vuelve a suceder, tendré que castigarlos.

Todos sabían que aquello se repetiría al día siguiente.

Cuando Royal y Almanzo llegaron a casa aquella noche se lo
contaron a Padre. Almanzo dijo que no era justo: míster Corse no
era bastante corpulento para enfrentarse a ninguno de aquellos
muchachos y ellos le atacarían todos a un tiempo.

—Quisiera ser bastante mayor para pelear con ellos —exclamó.

—Hijo, míster Corse fue contratado para dar clases en la escuela —repuso Padre—. Los administradores fueron honrados y
sinceros con él y le explicaron a qué se arriesgaba y aceptó. Es su
trabajo; no el tuyo.

—¡Pero quizá le maten! —protestó Almanzo.

—Es asunto suyo —repitió Padre—. Cuando un hombre acepta una responsabilidad, debe cumplirla hasta el final. Si Corse es tal como imagino, no le agradaría que nadie se entrometiera.

—No es justo: no puede enfrentarse a cinco de ellos —repuso Almanzo impulsivo.

—No me extrañaría que te llevases una sorpresa, hijo —dijo Padre—. Ahora, muchachos, apresuraos, estos quehaceres no pueden aguardar toda la noche.

De modo que Almanzo guardó silencio y se enfrascó en su tarea.

Toda la mañana siguiente estuvo sentado sosteniendo su cartilla sin poder estudiar: temía lo que iba a sucederle a míster Corse. Cuando el maestro llamó a la primera clase, no pudo dar la lección. Tuvo que quedarse con las niñas durante el recreo, deseando dar una paliza a Gran Ritchie.

A mediodía salió a jugar y vio que míster Ritchie, el padre de Bill, descendía la colina en su trineo cargado de leña. Todos los niños permanecieron inmóviles observándole. Ritchie era un hombre rudo, corpulento, de voz sonora y ruidosas carcajadas. El hombre se sentía orgulloso de Bill porque podía pegar a los maestros e interrumpir las clases.

Nadie corrió a enganchar su trineo tras el de míster Ritchie. Sólo Bill y sus compinches se subieron sobre su carga. Se deslizaron con gran estrépito por la curva de la carretera y se perdieron de vista. Los niños dejaron de jugar, tratando de aventurar qué sucedería.

Cuando míster Corse les avisó dando unos golpecitos en la ventana, entraron y se sentaron discretamente.

Aquella tarde nadie se supo la lección. Míster Corse llamó una clase tras otra y los niños se pusieron en fila apoyando los pies en una grieta del suelo, pero nadie pudo responder a sus preguntas. Míster Corse no castigó a nadie.

—Mañana repetiremos esta lección —dijo.

Todos sabían que el profesor no estaría allí al día siguiente.

Una pequeña se echó a llorar, luego algunos niños apoyaron las cabezas en sus mesas y también sollozaron. Almanzo tuvo que esforzarse por mantenerse erguido en su asiento fijando su atención en la cartilla.

Al cabo de largo rato, míster Corse le llamó a su mesa para

ver si ya podía dar la lección y aunque el muchacho se la sabía de memoria, tenía un nudo en la garganta que no le permitía pronunciar palabra. Se quedó mirando la páginas mientras el maestro aguardaba. Entonces oyeron llegar a los chicos mayores.

Míster Corse se levantó y apoyó suavemente su delgada mano en el hombro de Almanzo, le hizo volverse y le dijo:

—Siéntate, Almanzo.

La clase estaba en silencio. Todos aguardaban. Los muchachos mayores avanzaban por el sendero con gran estrépito hasta la entrada, entre codazos y risotadas. La puerta se abrió de golpe y Gran Bill Ritchie entró pavoneándose seguido de sus compañeros.

Míster Corse les miró sin decir palabra. Bill Ritchie se le rió en la cara y él se mantuvo en silencio. Sus compañeros empujaron a Bill y él siguió burlándose de míster Corse. Luego los empujó ruidosamente por el pasillo, hasta sus asientos.

El profesor alzó la tapa de su mesa y ocultó una mano tras ella.

—¡Ven aquí, Bill Ritchie! —ordenó.

El Gran Bill Ritchie se puso en pie de un salto y se quitó la chaqueta gritando:

—¡Vamos, muchachos!

Y echó a correr por el pasillo.

Almanzo sentía náuseas: no quería ver lo que sucedería, pero no podía evitarlo.

Míster Corse se apartó de su escritorio. Sacó la mano que tenía escondida y una línea negra, larga y delgada, surcó los aires.

Era un látigo de piel de buey trenzada de quince pies de longitud. Míster Corse sostenía la breve empuñadura cargada de hierro, capaz de acabar con un buey. La fina cuerda se enredó en las piernas de Bill y el profesor dio un tirón. El muchacho se tambaleó y estuvo a punto de caer. Con la rapidez de un relámpago, el látigo formó un círculo por los aires restallando de nuevo y se enroscó una vez más. Míster Corse dio otro tirón.

—¡Ven aquí, Bill Ritchie! —dijo atrayendo a Bill hacia él y retrocediendo de nuevo.

Bill no podía alcanzarle. El látigo silbaba y chasqueaba cada vez más rápido, enroscándose y tirando del muchacho. Míster Corse retrocedía amenazando con derribar a Bill. Iban y venían por el espacio libre que estaba frente al escritorio. El látigo seguía volteando y arrastrando a Bill y míster Corse echándose hacia atrás y golpeándole.

Los pantalones del muchacho se rompieron y su camisa quedó hecha harapos, los brazos le sangraban por las mordeduras de la cuerda que iba y venía silbando, demasiado rápida para poder verla. Bill echó a correr y el suelo tembló cuando el profesor le obligó de nuevo a retroceder. El muchacho se levantó jurando y tratando de alcanzar la silla de míster Corse para lanzarla contra él. Entonces el látigo le envolvió el cuerpo. Chilló como un becerro, gimoteó y rogó.

La cuerda seguía silbando, ciñéndose a su cuerpo, tirando de él y empujándole poco a poco hacia la puerta. Míster Corse le expulsó, cerró de un portazo y se volvió rápidamente diciendo:

—¡Ven aquí, John!

Éste se hallaba en el pasillo observándole con ojos desorbitados. Giró en redondo y trató de escabullirse, pero el profesor se adelantó bruscamente, le asió con el látigo y le atrajo hacia sí.

—¡Oh, por favor, por favor, maestro! —le suplicó.

Míster Corse no respondió. Jadeaba y el sudor resbalaba por sus mejillas. El látigo se enroscaba y silbaba empujando a John hacia la puerta. El profesor le arrojó al exterior, cerró nuevamente de golpe y se volvió.

Los restantes muchachos habían salido por la ventana. Uno, dos, tres saltaron en la profunda nieve y huyeron atropelladamente.

Míster Corse enroscó el látigo con cuidado y lo guardó en su escritorio. Se enjugó el rostro con el pañuelo, se ordenó las ropas y dijo:

—Por favor, Royal, ¿quieres cerrar la ventana?

Royal se acercó de puntillas a la ventana y la cerró. Entonces míster Corse convocó a la clase de aritmética: nadie se supo la lección. El resto de la tarde siguieron sin saberse las lecciones y no hubo recreo. Todos lo habían olvidado.

Almanzo ardía de impaciencia porque concluyera la clase para salir corriendo con los otros chicos y gritar. ¡Los mayores habían sido castigados! ¡Mr. Corse había expulsado a la pandilla de Bill Ritchie de la colonia Hardscrabble!

Pero aquella noche, durante la cena, se enteró de lo mejor cuando oyó a su padre hablando con míster Corse.

—Royal me ha dicho que los chicos no le han echado —decía Padre.

—No —repuso míster Corse—, gracias a su látigo de cuero retorcido. —Almanzo dejó de comer. Se quedó paralizado mirando a su padre.

¡Él lo había sabido en todo momento! ¡Había sido su látigo el que había vencido al Gran Bill! Almanzo estaba convencido de que Padre era el hombre más inteligente del mundo, así como el más fuerte e importante.

Padre estaba hablando. Decía que cuando los grandotes subieron al trineo de míster Ritchie le dijeron que aquella tarde echarían al maestro. Al hombre le pareció muy divertido. Estaba seguro de que los chicos lo harían así y estuvo pregonándolo por todas partes de la ciudad y, cuando regresaba a su casa, incluso se detuvo para decirle a Padre que Bill había echado a míster Corse y desbaratado de nuevo las clases.

Almanzo pensó cuán sorprendido debía haberse quedado míster Ritchie cuando llegó a casa y vio a Bill.

Capítulo Cinco

CUMPLEAÑOS

A la mañana siguiente, cuando Almanzo estaba comiendo sus gachas, Padre le recordó que era su cumpleaños. El muchacho había olvidado que cumplía nueve años aquella fría mañana de invierno.

—En la leñera encontrarás algo para ti —dijo Padre.

Almanzo deseaba ir a ver inmediatamente de qué se trataba, pero Madre dijo que si no se comía el desayuno enfermaría y debería tomar medicinas. Entonces trató de acabárselo cuanto antes.

—No des esos bocados tan grandes —insistió su madre.

Madre siempre se quejaba de cómo se comía. Nunca parecía hacerlo de un modo que ella considerase conveniente.

Pero por fin concluyó su almuerzo y fue a la leñera. Allí encontró un yugo pequeño. Padre lo había hecho de rojo cedro, de modo que era fuerte y al mismo tiempo ligero. Sería exclusivamente para él.

—Sí, hijo —dijo Padre—. Ya eres bastante mayor para adiestrar a los terneros.

Aquel día Almanzo no fue a la escuela. Cuando había cosas importantes que hacer, se quedaba en casa. Llevó el pequeño yugo al establo acompañado de su padre. Almanzo pensaba que si manejaba perfectamente a los terneros quizá Padre le permitiría ayudarle con los potros dentro de un año.

Estrella y Brillante se encontraban en su confortable departamento de Establo Sur. Sus rojos flancos estaban brillantes y sedosos tras haber sido cepillados por Almanzo. En cuanto le vieron llegar, se arrimaron a él y le lamieron con sus húmedas y ásperas lenguas. Sin duda creían que les traían zanahorias: ignoraban que iba a enseñarles a comportarse como bueyes adultos.

Padre le enseñó a colocar el yugo cuidadosamente en sus delicados cuellos. Tuvo que pulir las curvas interiores con un cristal roto hasta que se adaptó perfectamente y la madera quedó suave como la seda. Luego Almanzo abrió los barrotes del establo y los asombrados terneros le siguieron al patio deslumbrante cubierto de fría nieve.

Padre le ayudó a sujetar uno de los extremos del yugo mientras Almanzo sostenía el otro sobre el cuello de Brillante. Luego el muchacho levantó el arco sobre la garganta del animal e introdujo su extremo por los agujeros dispuestos para tal fin. Fijó una clavija de madera en un extremo del arco, sobre el yugo, y lo aseguró en su sitio.

Brillante retorcía la cabeza y trataba de ver aquel objeto extraño que llevaba en el cuello. Pero el muchacho lo había manejado tan suavemente que el animal se quedó tranquilo y Almanzo le dio un pedazo de zanahoria.

Estrella oyó cómo mordisqueaba su compañero y acudió a buscar su ración. Padre le hizo dar la vuelta y situarse junto a Brillante, en el otro extremo del yugo, y Almanzo le colocó el otro arco bajo el cuello, que sujetó asimismo con una clavija. Ya tenía su pequeña yunta de bueyes.

Luego Padre ató una cuerda sobre los cuernecillos que despuntaban en la testuz de Estrella y Almanzo lo asió, se plantó delante de los terneros y gritó:

—¡Arre!

Estrella estiró el cuello todo lo posible y tiró de la cuerda hasta que finalmente se adelantó mientras Brillante retrocedía gruñendo. El yugo hizo girar la cabeza de Estrella y lo detuvo y los dos terneros se miraron como preguntándose qué sucedía.

Padre ayudó a Almanzo a tirar de ellos hasta que de nuevo se situaron adecuadamente, uno junto al otro.

—Bien, hijo, aquí te quedas para resolverlo —le dijo.

Y volvió a meterse en el establo.

Entonces Almanzo comprendió que realmente era bastante adulto para hacer cosas importantes por sí solo.

Se quedó inmóvil en la nieve mirando a los terneros y ellos le devolvieron una inocente mirada. Se preguntaba cómo podría enseñarles qué significaba «arre». No había modo alguno de explicárselo, pero debía encontrar algún medio de decirles:

«Cuando digo "arre" debéis avanzar.»

Almanzo estuvo un rato pensando. A continuación dejó a los animales, se dirigió al pesebre de las vacas y se llenó los bolsillos de zanahorias. Regresó y se situó lo más lejos posible de los terneros, sosteniendo la cuerda en su mano izquierda. Hundió la diestra en el bolsillo de su guardapolvo y gritó: «¡Arre!», mostrándoles la zanahoria que llevaba en la mano.

Los terneros acudieron prestamente.

«¡So!», gritó Almanzo cuando llegaron junto a él y se detuvieron ante la zanahoria. Les dio un pedazo a cada uno y cuando se los comieron, retrocedió de nuevo, volvió a meterse la mano en el bolsillo y gritó:

—¡Arre!

Era sorprendente lo deprisa que aprendieron que «arre» significaba avanzar y «so» detenerse. Se comportaban tan bien como

bueyes adultos, cuando Padre se asomó a la puerta del establo y dijo:

—¡Ya basta, hijo mío!

Almanzo no creía que fuera suficiente, pero no se atrevió a contradecirle.

—Los terneros se pondrán de mal humor y dejarán de hacerte caso si los haces trabajar demasiado al principio —le explicó Padre—. Además, es hora de comer.

Almanzo apenas podía creérselo: la mañana había transcurrido sin que él se diera cuenta.

Sacó la clavija del yugo, soltó los arcos, desprendió el instrumento de los cuellos de los animales y condujo a Estrella y Brillante a sus cálidos establos. Luego Padre le enseñó cómo debía limpiar los arcos y el yugo con puñados de heno limpio y colgarlos en sus clavos. Tenía que asearlos siempre y mantenerlos secos para que no se les llagaran los cuellos.

Se detuvo un momento en las caballerizas para mirar a los potros. Le gustaban Estrella y Brillante, pero los terneros eran torpes y pesados comparados con los esbeltos y delicados potros. Sus ollares vibraban al respirar, movían las orejas tan rápidamente como el aleteo de los pájaros, sacudían las cabezas agitando las crines, piafaban elegantemente con sus esbeltas patas y pequeños cascos y sus ojos estaban llenos de animación.

—Me gustaría domar un potro —aventuró Almanzo.

—Esa es tarea de hombres, hijo —repuso su

padre—, un pequeño error estropearía a un magnífico potro.

Almanzo guardó silencio y entró discretamente en la casa.

Resultaba extraño estar comiendo a solas con Padre y Madre. Comían en la mesa de la cocina porque aquel día no tenían visitas. Allí llegaba mucha claridad por el resplandor de nieve del exterior. El suelo y la mesa habían sido fregados con lejía y arena. Las cacerolas de aluminio brillaban como si fuesen de plata y las ollas de cobre resplandecían como oro en las paredes, la tetera humeaba y los geranios del alféizar de la ventana eran más rojos que el vestido de Madre.

Almanzo se sentía muy hambriento. Comió en silencio, llenando afanosamente el enorme vacío que tenía en su interior mientras Padre y Madre charlaban. Cuando acabaron de comer, Madre se levantó y comenzó a recoger los platos en el barreño.

—Llena la caja de leña, Almanzo —dijo—. Y luego habrá otras cosas que hacer.

Almanzo abrió la puerta de la leñera junto a la estufa. ¡Y allí, ante sus ojos, encontró un trineo nuevo!

Apenas podía creer que fuese para él: el yugo de los terneros había sido ya su regalo de cumpleaños.

—¿Para quién es este trineo, Padre? ¿Acaso... acaso es para mí?

Madre se echó a reír y a Padre le brillaron los ojos.

—¿Conoces a otro niño de nueve años que lo quiera? —le preguntó.

Era un hermoso trineo. Padre lo había hecho de nogal. Era alargado, estilizado y de aspecto rápido. Los deslizadores de madera habían sido empapados y luego combados formandos curvas alargadas y limpias que parecían a punto de volar. Almanzo acarició la brillante y lisa superficie. Estaba tan perfectamente pulida que ni siquiera podía percibir las cabezas de los clavos de madera que los sujetaban. Había una barra entre los deslizadores, para los pies.

—Llévatelo —dijo Madre riendo—, saca afuera ese trineo, adonde le corresponde.

El frío se mantenía constante a veinte bajo cero, pero el sol brillaba y Almanzo pudo jugar con su trineo toda la tarde. Desde luego que no se deslizaba por la blanda y profunda nieve sino por el camino que habían formado los grandes trineos de carga, dos surcos lisos y duros. Almanzo colocaba el trineo en lo alto de la colina, se echaba corriendo en él y se deslizaba pendiente abajo.

Pero el carril se curvaba y estrechaba, de modo que antes o después caía en los montones de nieve. El rápido vehículo iba de un extremo a otro y Almanzo se precipitaba sobre él, mas siempre acababa por los suelos y volviendo a escalar la colina.

Varias veces entró en la casa en busca de manzanas, rosquillas y galletas. Abajo estaba cálido y vacío; arriba se oía el zumbido del telar de Madre y el silbido de la ágil lanzadera. Almanzo abrió la puerta de la leñera y oyó el resbaladizo y suave sonido de una garlopa y el chasquido de una tablilla al volverse.

Subió la escalera hasta el ático, donde Padre tenía su taller. Sus mitones llenos de nieve le colgaban de un cordón en el cuello, en la diestra llevaba una rosquilla y, en la izquierda, dos galletas. Dio un bocado a la rosquilla y otro a una galleta.

Padre estaba sentado a horcajadas en el extremo del banco de aserrar, junto a la ventana. El banco se ladeaba hacia lo alto y en la parte superior había dos clavijas. A su derecha se veía un montón de bastas tablillas que había partido con el hacha, de unos troncos de roble.

Cogió una de ellas, apoyó un extremo contra las clavijas y luego pasó la cuchilla de cepillar por un lado. En una ocasión la alisaba, en otra cepillaba el extremo superior, afinándolo más que el inferior. Seguidamente volvía la tablilla, le daba otras dos pasadas por aquel lado y ya estaba acabada. La depositaba en el montón de las pulidas y fijaba otra sin desbastar contra las clavijas.

Movía suave y rápidamente las manos. Ni siquiera las detuvo cuando alzó su sonriente mirada hacia Almanzo.

—¿Lo has pasado bien, hijo? —preguntó.

—¿Puedo hacer eso, Padre? —repuso Almanzo.

Su padre se deslizó hacia atrás en el banco para dejarle sitio delante de él. Almanzo se puso asimismo a horcajadas y se embutió el resto de la rosquilla en la boca. Empuñó los mangos de la gran garlopa y la pasó cuidadosamente por la tablilla. Comprobó que no era tan fácil como parecía, por lo que su padre apoyó sus grandes manos en las suyas y juntos la cepillaron.

Luego Almanzo le dio la vuelta y pulieron el otro lado. Eso era cuanto deseaba. Bajó del banco y fue a ver a Madre.

Las manos de Madre volaban y con el pie izquierdo hacía ac-

cionar el pedal del telar. La lanzadera iba y venía de la mano derecha a la izquierda y viceversa entre los hilos de la urdimbre, y éstos se entrecruzaban rápidamente entre sí cogiendo al vuelo el hilo que la lanzadera dejaba tras de sí.

El pedal profería un sordo ruido, la barra manual respondía con un chasquido y sonaba de nuevo el zumbido de la barra manual de la lanzadera.

El taller de Madre era grande, lleno de luz y confortable gracias a la chimenea de la estufa. Su pequeña mecedora estaba junto a una ventana y a su lado se veía un cesto de retales de alfombra, dispuestos para coserlos. En una esquina se encontraba la ociosa rueca y toda una pared lateral estaba dividida en una serie de estanterías llenas de madejas de hilos rojos, marrones, azules y amarillos que ella había teñido el verano anterior.

Pero la tela que estaba en el telar era de color gris: su madre tejía lana sin teñir de ovejas blancas y negras que había enrollado juntas.

—¿Para qué es? —se interesó Almanzo.

—¡No señales, Almanzo! —gritó ella para hacerse oír sobre el ruido del telar—. No es correcto.

—Digo que para quién es —repuso Almanzo en esta ocasión sin señalar.

—Para Royal. Es su traje de la Academia —le informó su madre.

Royal iría a la Academia de Malone el próximo invierno y ella estaba tejiendo la tela para su traje nuevo.

De modo que en la casa todo era acogedor y confortable. Almanzo bajó a la planta inferior, cogió otras dos rosquillas y volvió a salir a jugar con su trineo.

En breve las sombras se proyectaron por las laderas del este obligándole a guardar el trineo. Se dispuso a abrevar el ganado porque había llegado la hora de cumplir con sus obligaciones.

El pozo estaba muy lejos de los establos. Una casita se levantaba sobre la bomba y el agua corría por un canalón a través del muro y se vertía en el gran abrevadero exterior. Los canalones estaban recubiertos de hielo y la manivela estaba tan fría que quemaba como fuego si se tocaba con los dedos desnudos. Los niños a veces se desafiaban entre sí a lamer la manivela de alguna bomba en invierno. Almanzo sabía que no debía aceptar el reto: la lengua se le helaría al contacto del metal y correría el peligro de morir de hambre o retirarla y dejar allí parte.

Almanzo permaneció en la helada caseta de la bomba y bombeó con todas sus fuerzas mientras Padre conducía los caballos al abrevadero exterior. Primero Padre llevó los troncos de potros jóvenes en pos de su madre. Luego acompañó a los potros más crecidos, uno tras otro. Aún no estaban totalmente domados y se encabritaban. Saltaban y se revolvían ante la cuerda del ronzal por causa del frío, pero Padre los sujetaba con firmeza y no permitía que se soltaran.

Almanzo bombeaba constantemente y con la mayor rapidez posible. El agua brotaba de la bomba con sonido frío y los caballos hundían en ella sus belfos temblorosos y bebían ávidamente.

Seguidamente Padre se hizo cargo de la manivela, llenó de agua el abrevadero y se dirigió a los establos para sacar el ganado.

Al ganado no había que conducirlo. Acudieron impacientes y bebieron mientras Almanzo bombeaba y luego regresaron a sus cálidos establos instalándose cada uno en su lugar. Cada vaca se recogía en su propio establo y apoyaba la cabeza en sus puntales sin equivocarse jamás.

Padre no sabía si ello se debía a que tenían más entendimiento que los caballos o porque tenían tan poco que simplemente lo hacían por hábito.

Almanzo cogió seguidamente la horca y se dedicó a limpiar los establos mientras Padre distribuía avena y pienso en los pesebres. Royal llegó de la escuela y entre ambos dieron fin a las tareas, como de costumbre. El cumpleaños de Almanzo había concluido.

Creía que tendría que ir al colegio al día siguiente, pero aquella noche Padre dijo que había llegado el momento de cortar hielo: tendría que quedarse en casa para ayudar, y también Royal.

CAPÍTULO SEIS

LLENAR LA HELADERA

La temperatura era tan fría que la nieve parecía arena al pisarla. Un poco de agua que se arrojara en el aire caía en forma de bolitas de hielo. Ni siquiera a mediodía se ablandaba el suelo en la parte sur de la casa. Era el momento más adecuado para cortar hielo porque se extraían los bloques del estanque sin que goteasen.

El sol se levantaba y los montones de nieve acumulados en las laderas orientales se tornaban rosados bajo su luz cuando Almanzo se acurrucó bajo las mantas de piel en el gran trineo entre Padre y Royal y emprendieron la marcha hacia el estanque del río de las Truchas.

Los caballos marchaban al trote vivo haciendo tintinear sus campanillas. El aliento se condensaba al surgir de sus ollares y los deslizadores del trineo rechinaban sobre el suelo endurecido. El frío aire se introducía cosquilleante en la nariz de Almanzo, pero el sol brillaba cada vez más arrancando diminutos resplandores rojiverdes a la nieve y, a través de los bosques, por doquier, se distinguían los blancos destellos de los carámbanos.

Debían recorrer una milla hasta el estanque del bosque. En una ocasión Padre se apeó para pasar las manos sobre los ollares de los caballos: se les había helado el aliento y ello dificultaba su respiración. Padre fundió así la escarcha y prosiguieron rápidamente su camino.

Joe el Francés y Perezoso John les aguardaban en la charca cuando llegaron. Eran unos franceses que vivían en pequeñas cabañas del bosque. No tenían granjas, cazaban, ponían trampas, pescaban, cantaban, bromeaban, bailaban y bebían vino tinto en lugar de sidra. Cuando Padre necesitaba contratar a algún hombre, trabajaban para él y les pagaba con tocino salado de los barriles del sótano.

Allí estaban en el helado estanque con sus altas botas, sus chaquetas a cuadros y los gorros de piel con orejeras también de piel. En sus grandes bigotes se helaba el aliento. Ambos llevaban sendas hachas en los hombros y sierras de corte transversal.

Las sierras de corte transversal constaban de unas hojas estrechas y alargadas con mangos de madera en los extremos. Dos hombres debían empujar hacia adelante y atrás en el borde de aquello que desearan aserrar por la mitad. Pero no podían cortar hielo de aquella manera, porque era una masa sólida bajo sus pies a modo de suelo: no había ningún borde que aserrar.

Cuando Padre les vio se echó a reír y exclamó:

—¿Habéis echado ya la moneda?

Todos rieron menos Almanzo que no conocía el chiste por lo que Joe el Francés se lo explicó:

—Una vez enviaron a dos irlandeses a cortar hielo con una sierra de corte transversal. Era la primera vez que lo hacían. Estuvieron mirando el hielo y la sierra hasta que Pat sacó un penique del bolsillo y dijo:

«—¡Vamos, Jamie, juguemos limpio! A cara o cruz. ¿Quién va debajo?»

Entonces Almanzo se echó a reír imaginando que alguien pudiese sumergirse en las frías y oscuras aguas, bajo el hielo, para tirar de un extremo de la sierra. Le parecía divertido que hubiera quien ignorase cómo se cortaba el hielo.

Avanzó dificultosamente con los demás hasta el centro del estanque.

Allí soplaba un frío viento que transportaba jirones de nieve. Sobre las profundas aguas, el hielo era liso y oscuro y estaba casi limpio. Almanzo estuvo observando mientras Joe y John abrían un gran agujero triangular. Recogieron los pedazos cortados y se los llevaron dejando a la vista el agujero lleno de agua.

—Tiene veinte pulgadas de profundidad —dijo Perezoso John.

—Entonces aserraremos a esa profundidad —repuso Padre—. Perezoso John y Joe el Francés se arrodillaron en el borde del agujero. Hundieron las sierras en el agua y comenzaron a aserrar sin que nadie tirase de los extremos de las sierras bajo el agua.

Uno junto al otro abrieron sendas hendiduras rectas en el hielo, a veinte pulgadas de distancia una de otra y de veinte pies de largo. Luego John partió la masa al través con su hacha, desprendiendo un bloque de veinte pulgadas de ancho, veinte de grosor y veinte de largo que se levantó ligeramente flotando.

John empujó el bloque con un palo hacia el agujero triangular y mientras el extremo emergía resquebrajando la delgada capa de hielo que se formaba en el agua, Joe estuvo aserrando veinte trozos iguales, que Padre recogía con unas largas pinzas metálicas y cargaba en el trineo.

Almanzo corrió hacia el agujero para ver la sierra. De pronto, cuando estaba en el mismo borde, resbaló.

Se sumergió en las oscuras aguas sin poder asirse a ningún sitio. Comprendió que se hundiría y sería arrastrado bajo el firme suelo y que la rápida corriente le empujaría donde nadie pudiera encontrarlo. Se ahogaría retenido por el hielo, entre la oscuridad.

Joe el Francés le cogió a tiempo. Oyó un grito y sintió como

una áspera mano le asía bruscamente por la pierna, oyó un estrépito terrible y luego se encontró de bruces en el sólido suelo. Se puso de pie. Padre venía corriendo.

Padre se erguía ante él, enorme y terrible.

—¡Debería darte la mayor azotaina de tu vida! —exclamó.

—Sí, Padre —susurró Almanzo.

Lo sabía. Sabía que debía haber tenido más cuidado. Un niño de nueve años es demasiado mayor para hacer tonterías por no detenerse a pensar. Almanzo lo comprendía y se sentía avergonzado. Se encogió dentro de sus ropas y le temblaron las piernas temiendo el castigo. Los azotes de Padre dolían, pero sabía que los tenía merecidos. El látigo estaba en el trineo.

—Por esta vez no te castigaré —decidió Padre—, pero procura mantenerte lejos de ese agujero.

—Sí, Padre —susurró Almanzo.

Se alejó de aquel lugar y no volvió a acercarse por allí.

Padre acabó de cargar el trineo, extendió luego las mantas de viaje encima del hielo y Almanzo, Royal y él se instalaron sobre ellas dirigiéndose hacia la heladera, junto a los establos.

La heladera estaba construida con tablones separados por grandes grietas. Se levantaba sobre bloques de madera muy por encima del suelo y parecía una gran jaula. Sólo el piso y el techo eran sólidos. En el suelo había una enorme montaña de serrín que Padre había transportado desde el aserradero.

Padre extendió en el suelo con su pala una capa de serrín de tres pulgadas de grosor sobre la que depositó los bloques de hielo separados a tres pulgadas de distancia. Luego regresó al estanque y Almanzo se quedó trabajando con Royal en la heladera.

Llenaron de serrín todos los huecos que había entre los bloques apretujándolo fuertemente con unos palos. Luego cubrieron asimismo el hielo con una capa valiéndose de unas palas, echaron el resto en un rincón y el lugar que habían despejado, lo llenaron asimismo con bloques de hielo que envolvieron también con serrín. Seguidamente lo cubrieron todo con otra capa de tres pulgadas de grosor.

Trabajaban lo más deprisa posible, pero antes de que concluyeran Padre regresaba con otra carga. Extendió una capa de bloques separados a tres pulgadas de distancia y se marchó dejándoles que llenaran y apretujaran todas las rendijas con serrín, lo extendieran por encima y echaran nuevamente el resto sobre ellos.

Trabajaban tan duramente que el ejercicio les mantenía calientes, pero mucho antes de mediodía Almanzo tenía un hambre de lobos. No podía suspender su trabajo el tiempo necesario para correr a casa en busca de alguna rosquilla. Tenía el estómago terriblemente vacío y sentía retortijones.

Se arrodilló en el hielo empujando el serrín en las rendijas con sus manos enguantadas y apretujándolo con el palo lo más rápido posible y preguntó a Royal:

—¿Qué te gustaría comer?

Hablaron de costillas de cerdo, pavo relleno, habichuelas guisadas, crujiente pan de maíz y otras excelencias. Pero Almanzo decía que lo que más le gustaba en el mundo eran las manzanas y cebollas fritas.

Cuando por fin llegó la hora de comer, en la mesa había una gran bandeja de ellas: Madre sabía cuánto le gustaban y las había preparado para él.

Almanzo se sirvió cuatro raciones de patatas y manzanas fritas, comió rosbif, salsa tostada, puré de patatas, zanahorias cremosas y nabos cocidos e innúmeras rebanadas de pan untado con mantequilla y con jalea de manzanas silvestres.

—Cuesta mucho alimentar a un niño que está creciendo —dijo Madre.

Depositó en su plato vacío una gruesa loncha de pastel de nido de pájaros y le ofreció la jarra de dulce nata espolvoreada con nuez moscada.

Almanzo vertió la espesa nata sobre las manzanas recogidas en la esponjosa corteza. El dorado jarabe desbordó por los extremos de la nata. Cogió su cuchara y apuró hasta la última gota.

Luego, hasta la hora en que debían realizar sus tareas, Royal y él trabajaron en la heladera. Prosiguieron al día siguiente y aún otro día. Hasta que al oscurecer del tercer día Padre les ayudó a extender la última capa de serrín sobre los bloques de hielo que estaban encima de todo, casi rozando el techo de la casa. Y así concluyó el trabajo.

Así enterrados y protegidos, los bloques de hielo no se desharían con el tórrido calor veraniego. Los extraerían uno a uno y Madre haría con ellos helados, refrescos de limonada y ponche de huevo.

Capítulo Siete

NOCHE DE SÁBADO

Era la noche del sábado. Madre había estado todo el día horneando y cuando Almanzo entró en la cocina en busca de los cubos de leche, aún freía rosquillas. El recinto estaba impregnado de aquel cálido y sabroso aroma, del olor a trigo del pan nuevo, del denso perfume de las tortas y del dulzón efluvio de los pasteles.

Almanzo cogió la rosquilla más grande de la sartén y mordió su borde crujiente. Madre amasaba la dorada pasta dividiéndola en largas tiras que enrollaba, doblaba y retorcía. Sus dedos volaban; apenas se los veía. Las tiras parecían retorcerse solas entre sus manos y saltar al gran caldero de cobre lleno de burbujeante y caliente grasa.

¡Plump! Caían sordamente en el fondo levantando burbujas e inmediatamente surgían a la superficie flotando e hinchándose lentamente hasta que rodaban boca abajo sumergiéndose en la grasa los pálidos dorsos y emergiendo en la superficie sus rollizos y tostados vientres.

Madre decía que giraban porque estaban retorcidos. Había quien los hacía en un estilo más moderno, redondos, con un agujero en medio, pero aquellas rosquillas no giraban por sí solas. Ella no podía perder tiempo volviéndolas: le resultaba más rápido retorcer la masa.

A Almanzo le gustaban los días de hornada, pero no los sábados por la noche. Aquéllas no eran gratas veladas junto a la estufa, con manzanas, rosetas de maíz y sidra, sino la noche en que debían bañarse.

Después de cenar, Almanzo y Royal volvían a ponerse abrigos, gorros, bufandas y guantes y sacaban afuera una tina de las utilizadas para lavar la ropa para llenarla en el barril donde se recogía el agua de lluvia.

Todo tenía un aspecto fantasmagórico con la nieve. Las estrellas resplandecían frías en el cielo y ellos sólo percibían un débil resplandor de la vela de la cocina.

El interior del barril de agua de lluvia estaba cubierto de una gruesa capa de hielo y en el centro, donde cortaban cada día el hielo para evitar que el barril estallase, el agujero se había ido haciendo cada vez más pequeño. Royal lo rompía hundiendo el hacha con sordo impacto y el agua surgía rápidamente porque el hielo la comprimía por todas partes.

Es extraño que el agua aumente el volumen al helarse cuando todo se hace más reducido con el frío.

Almanzo comenzó a verter agua y flotantes pedazos de hielo en la tina de lavar. Era un trabajo frío y lento extraerla por aquel agujerito. Se le ocurrió una idea.

Largos carámbanos pendían de los aleros de la cocina. Encima había una consistente capa de hielo y las afiladas puntas pendían casi hasta el suelo. Almanzo asió una de ellas y estiró, pero sólo se quebró un extremo.

El hacha estaba helada en el suelo del porche, donde Royal la dejara. La soltó de un tirón, la empuñó con ambas manos y rompió los carámbanos. Una avalancha de hielo se desplomó resquebrajándose. Fue un estrépito glorioso.

—¡Eh, dámela! —exclamó Royal.

Mas Almanzo volvió a golpear los carámbanos produciendo aún mayor ruido.

—Eres mayor que yo: dales con los puños —repuso Almanzo.

De modo que Royal golpeó los carámbanos con los puños mientras que Almanzo los desprendía con el hacha: el alboroto fue inmenso.

Almanzo y Royal vociferaban derribando cada vez más carámbanos. Grandes fragmentos de hielo volaban por doquier en el porche y algunos pedazos se hundían en la nieve. A lo largo de los aleros se había abierto una brecha, como si el tejado hubiera perdido algunos dientes.

Madre abrió bruscamente la puerta de la cocina.

—¡Dios bendito! —exclamó—. ¿Os habéis hecho daño?

—No, Madre — respondió Almanzo mansamente.

—¿Qué sucede? ¿Qué estáis haciendo?

Almanzo se sentía culpable, pero en realidad no estaban jugando sino trabajando.

—Recogemos hielo para el agua del baño, Madre —dijo.

—Nunca había oído semejante estrépito. ¿Era preciso que gritarais como comanches?

—No, Madre —repuso Almanzo.

A Madre le castañeteaban los dientes por causa del frío. Entró en la casa y cerró la puerta. Almanzo y Royal recogieron silenciosos los caídos carámbanos y llenaron la tina. Pesaba tanto que la transportaban tambaleándose y tuvo que levantarla Padre para ponerla en el fuego de la cocina.

El hielo se deshizo mientras Almanzo engrasaba sus mocasines y Royal sus botas. En la despensa Madre llenaba la cazuela de seis cuartos con habichuelas cocidas añadiendo cebollas, pimien-

tos y un trozo de manteca de cerdo y echando virutas de melaza por encima. Luego Almanzo vio cómo abría los barriles de harina, echaba harina de centeno y de maíz en la gran cazuela amarilla y añadía y removía leche, huevos y otras sustancias, vertiendo en la gran tartera de hornear la masa color pardo de centeno.

—Traerás el pan de centeno con cuidado de no tirarlo, Almanzo —le dijo.

Cogió la cazuela de habichuelas y Almanzo la siguió más lentamente con la pesada tartera. Padre abrió las grandes puertas del horno que estaba sobre la estufa y Madre metió las habichuelas y el pan en su interior. Allí se cocerían lentamente hasta la hora de comer del domingo.

Entonces Almanzo se quedó solo en la cocina para bañarse. Su ropa interior limpia colgaba del respaldo de una silla donde se calentaba y aireaba. La toallita que utilizaba para lavarse y la de secarse y el cacillo de madera con el jabón líquido estaban en otra silla. Cogió una tina de lavar de la leñera y la puso en el suelo, delante de la puerta abierta del horno.

Se quitó el jubón, un par de calcetines y los pantalones. Luego vertió cierta cantidad de agua caliente de la tina que estaba sobre la estufa en el recipiente del suelo, se quitó su otro par de calcetines y la ropa interior y sintió en su piel desnuda el agradable calor procedente del horno. Aquel calor parecía asarle y pensó en ponerse la ropa interior limpia sin bañarse. Pero Madre lo descubriría en cuanto él volviese al comedor.

De modo que se metió en el agua que le cubría los pies. Cogió un poco del viscoso y blando jabón líquido del cacillo y untó la toallita frotándose con ella de arriba abajo.

Sentía el agua caliente en los pies, pero tenía el cuerpo frío. Aunque su vientre húmedo despedía vapor con el calor del horno, la espalda mojada se estremecía. Y cuando se volvió, le pareció que se le quemaba la espalda, pero su parte delantera se quedó muy fría. De modo que se lavó lo más rápidamente posible, se secó y se puso su cálida camiseta, sus calzoncillos largos y su camisón de lana.

Entonces recordó las orejas. Cogió de nuevo la toallita y se las frotó como asimismo el cuello poniéndose seguidamente el gorro de dormir.

Se sentía muy limpio y confortable y su piel parecía bruñida entre las limpias y cálidas ropas. Era la sensación de los sábados por la noche.

Le parecía agradable, mas no le gustaba tanto como para bañarse. Si hubiera podido obrar a su gusto, no tomaría un baño hasta la primavera.

No tenía que vaciar la tina porque si salía afuera tras tomar un baño cogería un resfriado. La vaciaría y la limpiaría Alice antes de bañarse. Luego Eliza Jane haría a su vez lo mismo con el agua de Alice, Royal con la de Eliza Jane y Madre con la de Royal. A última hora de la noche Padre vaciaría la tina de Madre y se bañaría a continuación. Y a la mañana siguiente vaciaría la tina por última vez.

Almanzo entró en el comedor con su ropa interior de color crema, calcetines, camisón y gorro. Y acudió para que su Madre le examinara.

La mujer dejó su labor de punto y le inspeccionó las orejas y el cuello, observó su cara lavada con jabón y le dio un abrazo y una palmadita.

—¡Estupendo! —exclamó—. ¡Corre a acostarte!

Encendió una vela y subió rápidamente por las frías escaleras, apagó la llama y se metió en el suave y frío lecho de plumas. Comenzó a decir sus oraciones, pero se quedó dormido antes de concluirlas.

Capítulo Ocho

DOMINGO

Cuando entraba en la cocina a la mañana siguiente transportando dificultosamente dos cubos de leche llenos hasta los bordes, encontró a Madre haciendo montañas de tortas porque era domingo.

La gran bandeja azul que se hallaba sobre el fogón de la estufa estaba llena de rollizas tortas de salchichas. Eliza Jane cortaba pasteles de manzanas y Alice servía las gachas de avena, como de costumbre. Pero la bandeja azul se mantenía caliente en la parte posterior de la estufa y diez montones de tortas se levantaban como torres sobre ella.

Diez tortas se asaban en la humeante parrilla y en cuanto estaban hechas, Madre añadía otra a cada montón, la untaba pródigamente de mantequilla y la cubría con azúcar de arce. La mantequilla y el azúcar se confundían y empapaban las esponjosas tortas, goteando por sus tostados bordes.

Eran tortas apiladas, las que más le gustaban a Almanzo.

Madre siguió friéndolas hasta que todos hubieron comido sus gachas de avena. Por muchas tortas que hiciera, siempre les sabían a poco. Devoraban montón tras montón y Almanzo aún estaba comiéndoselas cuando Madre echó atrás su silla y se levantó diciendo:

—¡Dios nos libre! ¡Son las ocho, tengo que volar!

Madre siempre volaba. Sus pies corrían, movía las manos tan deprisa que apenas se veían. De día casi nunca se sentaba, salvo cuando hacía girar la rueda de su rueca o el telar y entonces sus manos volaban, sus pies repiqueteaban, la rueda de la rueca giraba continuamente y el telar resonaba. Pero los domingos por la mañana también hacía correr a todos los demás.

Padre almohazó y cepilló a los bruñidos caballos zaínos hasta que resplandecieron. Almanzo sacó el polvo al trineo y Royal limpió el plateado arnés. Engancharon el tronco y luego fueron a la casa para ponerse los trajes del domingo.

Madre estaba en la despensa preparando la corteza que cubriría el pastel de pollo dominical, bajo cuya burbujeante salsa se escondían tres hermosas gallinas. Extendió la corteza y rizó los bordes y la salsa se derramó por los dos surcos que había cortado en la masa. Puso el pastel en el horno de la estufa junto a las habichuelas y el pan de centeno. Padre llenó la estufa con leños de nogal y cerró los registros mientras Madre corría a prepararle su ropa y a vestirse.

Los pobres vestían tejidos caseros los domingos y Royal y Almanzo lucían buen paño, pero Padre, Madre y las niñas iban muy elegantes con ropas compradas en el almacén, tejidas a máquina.

Madre había confeccionado el traje de Padre de fino paño negro. La chaqueta lucía cuello de terciopelo y la camisa era de percal francés. Llevaba corbata de seda negra y los domingos no calzaba botas sino zapatos de fina piel de becerro.

El vestido de Madre era de merino marrón, con blanco cuello de encaje y volante también de encaje blanco en los puños, bajo las grandes mangas acampanadas. Llevaba cintas de terciopelo marrón en las mangas y en la parte delantera de su chaqueta y había confeccionado el gorro del mismo terciopelo marrón con cintas iguales atadas bajo la barbilla.

Almanzo se sentía orgulloso de ver a su madre tan elegantemente vestida los domingos. Las niñas también iban muy lindas, pero no le producían igual sensación.

Sus miriñaques eran tan grandes que Royal y Almanzo apenas podían entrar en el trineo. Tenían que encogerse y dejar los aros sobre sus rodillas y, si se movían, Eliza Jane gritaba:

—¡Id con cuidado, torpes!

Y Alice se lamentaba:

—¡Oh, pobre de mí! ¡Mis cintas están arrugadas!

Pero cuando todos se apretujaban bajo las mantas de piel de búfalo con ladrillos calientes en los pies, Padre soltaba a los arrogantes caballos y Almanzo lo olvidaba todo.

El trineo corría como el viento. Los briosos corceles resplandecían bajo el sol, arqueaban los cuellos, alzaban las cabezas y sus esbeltas patas pisoteaban la nieve de la carretera. Parecían volar con sus sedosas y largas crines y colas agitándose al viento.

Padre sostenía erguido y orgulloso las riendas y dejaba que los caballos corriesen a su aire. Nunca tenía que utilizar el látigo: aquellos animales eran mansos y estaban perfectamente entrenados. Sólo tenía que tensar o aflojar las riendas y le obedecían. Malone estaba a cinco millas de distancia, pero Padre nunca se ponía en marcha hasta treinta minutos antes de la hora del servicio religioso. El tronco trotaría las cinco millas; los estabularía luego y cubriría con mantas y estaría en los peldaños de la iglesia cuando sonara la campana.

Almanzo apenas soportaba la idea de que tardaría años y años en poder llevar las riendas y conducir animales como aquéllos.

Al cabo de unos momentos Padre llegaba a los establos de la iglesia de Malone. Era un edificio bajo y alargado que rodeaba los cuatro lados de una plaza a la que se accedía por una entrada. Todos los feligreses tenían alquilado un establo que pagaban de acuerdo con sus medios y Padre disponía del mejor. Era tan grande que podía meter en él su coche para desenganchar los caballos y había un pesebre, morrales y espacio para guardar heno y avena.

Padre dejó que Almanzo cubriera con mantas a los animales mientras que Madre y las niñas se sacudían las faldas y alisaban las cintas. Y todos anduvieron tranquilamente hacia la iglesia. Cuando subían la escalera sonaba la primera campanada.

Después no había otra cosa que hacer que permanecer sentados hasta que concluyera el sermón, lo que se prolongaba durante dos horas. A Almanzo le dolían las piernas y tenía que esforzarse por no bostezar, pero no se atrevía a moverse. Permanecía perfectamente sentado e inmóvil, sin apartar sus ojos del solemne rostro y la oscilante barba del pastor. El muchacho no acababa de entender que Padre supiera que él no estaba mirando al pastor si él también le miraba, pero siempre lo sabía.

Por fin concluyó. Almanzo se sintió mejor al aire libre, en el exterior. Los niños no deben reír, correr ni hablar ruidosamente en domingo, pero pueden charlar discretamente. Frank, su primo, se encontraba allí.

El padre de Frank, tío Wesley, poseía el molino de fécula de patatas y vivía en la ciudad. No tenía ninguna granja, de modo que Frank era un muchacho de la ciudad que jugaba con muchachos también de ciudad. Y aquel domingo por la mañana lucía su gorro comprado en un almacén.

Estaba confeccionado con tela a cuadros tejida a máquina y tenía orejeras que se abrochaban bajo la barbilla. Frank las soltó y le mostró a Almanzo que podían volverse hacia arriba y abrocharse por encima del gorro. Dijo que aquel gorro venía de la ciudad de Nueva York: su padre se lo había comprado en el almacén de míster Case.

Almanzo nunca había visto un gorro como aquél. Deseó tener uno igual.

Royal dijo que era ridículo.

—¿Qué sentido tiene que las orejeras se abrochen encima? —le dijo a Frank—. Nadie tiene orejas encima de la cabeza.

Por lo que Almanzo comprendió que a Royal también le gustaría tener un gorro como aquél.

—¿Cuánto costó? —preguntó Almanzo.

—Cincuenta centavos —respondió Frank orgulloso.

Almanzo comprendió que nunca tendría un gorro así. Los gorros que hacía Madre eran cómodos y cálidos y sería una locura gastar dinero comprando uno. Cincuenta centavos era mucho dinero.

—Tendrías que ver nuestros caballos —dijo a Frank.

—¡Eh, no son tus caballos! —dijo su primo—. Son los caballos de tu padre. Tú no tienes un caballo, ni siquiera un potro.

—Tendré un potro —repuso Almanzo.

—¿Cuándo? —insistió Frank.

En aquel momento le llamaba Eliza Jane.

—¡Ven Almanzo! Padre está enganchando los caballos.

Se alejó en dirección a Eliza Jane, pero Frank aún seguía diciéndole en voz baja:

—¡No tendrás ningún potro!

Almanzo montó gravemente en el trineo. Se preguntaba si algún día sería bastante mayor para conseguir lo que deseaba. Cuando era más joven, Padre a veces le permitía sostener los extremos de las riendas mientras él conducía, pero ya no era un bebé. Deseaba conducir él solo los caballos. Padre le permitía cepillar y almohazar a los mansos y viejos animales de tiro y conducirlos durante la grada. Pero ni siquiera podía entrar en las caballerizas donde estaban los briosos corceles de transporte ni los potros. Apenas se atrevía a acariciar sus suaves narices a través de las barras y rascarles las testeras bajo los copetes. Padre decía:

—Manteneos lejos de esos animales, muchachos. En cinco minutos podéis enseñarles trucos que me costaría meses hacerles olvidar.

Se sintió mejor cuando se sentó ante los excelentes alimentos que componían la comida dominical. Madre cortó el caliente pan de centeno sobre la tabla que tenía junto a su plato. Padre hundió profundamente la cuchara en el pastel de pollo, extrayendo grandes pedazos de gruesa corteza y poniendo boca abajo en el plato la esponjosa y dorada parte inferior. Vertió salsa por encima, extrajo grandes trozos de pollo tierno cuyas carnes oscuras y blancas se desprendían de los huesos, añadió un montón de habichuelas cocidas y lo colmó con una temblorosa porción de manteca de cerdo. En el borde del plato amontonó escabeche de remolacha roja oscura y tendió el plato a Almanzo.

El muchacho comió en silencio. Luego apuró un pedazo de pastel de calabaza y, aunque se sentía muy repleto, también dio buena cuenta de un trozo de pastel de manzana con queso.

Después de comer Eliza Jane y Alice lavaron los platos, pero Padre, Madre, Royal y Almanzo no hicieron nada. Pasaron toda la tarde sentados en el soporífero y cálido comedor. Madre leía la Biblia y Eliza Jane un libro y Padre estaba dando cabezadas y despertaba con una sacudida para volver a adormilarse. Royal manoseaba la cadena de madera que no podía cortar y Alice estuvo largo rato mirando por la ventana. Pero Almanzo permanecía simplemente sentado: tenía que hacerlo. No se le permitía hacer otra cosa porque el domingo no era un día de trabajo ni juego sino de ir a la iglesia y estar tranquilamente ocioso.

El muchacho se alegró de que llegara el momento de realizar sus tareas.

CAPÍTULO NUEVE

LA DOMA DE LOS TERNEROS

Almanzo había estado tan ocupado llenando la heladera que no había tenido tiempo de dar otra lección a los terneros, de modo que el lunes por la mañana dijo:

—¿Puedo dejar de ir hoy a la escuela, Padre? Si no practico con los terneros olvidarán cómo comportarse.

Padre se acarició la barba y le brillaron los ojos.

—También los muchachos pueden olvidar sus lecciones —repuso.

Almanzo no había pensado en ello. Meditó un momento y dijo:

—Bien, yo he recibido más lecciones que ellos y, además, son más jóvenes que yo.

Padre pareció mostrarse sorprendido, pero disimuló una sonrisa.

—¡Oh, deja que el chico se quede en casa por una vez si lo desea! —exclamó Madre—. Y tiene razón, los terneros necesitan practicar más.

De modo que Almanzo fue al establo y sacó a los terneritos al aire libre. Colocó el yugo sobre sus cuellos, sujetó los arcos, introdujo las clavijas en ellos y ató una cuerda en torno a los cuernecillos de Estrella. Todo lo hizo sin ayuda alguna.

Se pasó la mañana retrocediendo poco a poco en torno al patio gritando: «¡Arre!» y «¡So!». Estrella y Brillante acudían prestamente cuando decía «arre», se detenían al oírle decir «so» y lamían los pedazos de zanahoria que les ofrecía con sus enguantadas manos.

De vez en cuando también él comía un trozo de zanahoria cruda. La parte exterior es la mejor. Forma un sólido y denso anillo y es dulce. El interior es más jugoso y claro, como hielo amarillo, pero tiene un sabor ácido y flojo.

A mediodía Padre dijo que los terneros ya habían trabajado bastante aquel día y que, por la mañana, enseñaría a Almanzo cómo hacer un látigo.

Fueron al bosque y Padre cortó algunas ramas de matorrales de gruesos tallos. Almanzo las transportó al taller, sobre la leñera, y Padre le enseñó a desprender la corteza a tiras y trenzar seguidamente el látigo. Primero unió los extremos de cinco tiras y luego las trenzó firme y consistentemente.

Se pasó toda la tarde sentado junto al banco de Padre. Éste pulía tablones y Almanzo trenzaba su látigo cuidadosamente tal como Padre había hecho con el suyo grande de cuero retorcido. Mientras giraba y retorcía las tiras, la delgada corteza exterior se desprendía a trozos descubriendo el suave y blanco interior. El látigo hubiera sido blanco si no lo ensuciaran las manos de Almanzo.

No pudo acabarlo antes de la hora de realizar sus tareas y al día siguiente tuvo que ir a la escuela, pero cada noche trenzaba un pedazo junto a la estufa hasta que tuvo cinco pies de largo. Entonces Padre le prestó su navaja y Almanzo talló un mango de madera y le unió el látigo con tiras de la misma corteza, de modo que quedó concluido.

Sería un perfecto y excelente látigo cuando se secara y quedase crujiente entre el calor del verano. Almanzo podría restallarlo casi con tanta fuerza como hacía Padre con el suyo de cuero trenzado. Y no concluyó demasiado temprano porque enseguida lo necesitó para dar su próxima lección a los terneros.

Ahora tenía que enseñarles a girar a la izquierda y a la derecha cuando así se les ordenara respectivamente.

Comenzó en cuanto el látigo estuvo dispuesto. Los sábados por la mañana los pasaba en el patio enseñando a Estrella y Brillante. Nunca los azotaba: sólo hacía chasquear el látigo.

Sabía que no puede enseñarse algo a un animal si se le maltrata ni tampoco gritándole irritado. Se debe ser siempre amable, tranquilo y paciente aunque cometan errores. Estrella y Brillante le querían, confiaban en él y sabían que jamás les haría daño porque si le temían nunca serían unos bueyes complacientes y buenos trabajadores.

Ahora siempre le obedecían cuando gritaba «arre» y «so», de modo que ya no se ponía delante de ellos. Se situaba a la izquierda de Estrella, que estaba junto a él, de modo que era el buey próximo, y Brillante en el otro lado de Estrella, por lo que era el buey más lejano.

Almanzo gritaba «¡Derecha!» y restallaba el látigo con todas sus fuerzas cerca de la cabeza de Estrella que se ladeaba para esquivarlo y entonces ambos terneros se volvían hacia la derecha. Luego Almanzo decía «¡Arre!» y les permitía avanzar un poco, tranquilamente.

A continuación ondeaba el látigo en el aire y lo restallaba ruidosamente al otro lado de Brillante al tiempo que decía: «¡Izquierda!» Brillante esquivaba el látigo y ambos terneros se volvían a la izquierda.

A veces se sobresaltaban y echaban a correr. Entonces Almanzo decía «¡So!» con voz profunda y solemne, como Padre. Y si no se detenían, corría tras ellos y les interceptaba el paso. Cuando esto sucedía, tenía que hacerles practicar «arre» y «so» durante largo rato. Debía mostrarse muy paciente.

Una fría mañana de sábado en que los terneros estaban retozando, se escaparon la primera vez que ondeó el látigo. Cocearon y corrieron mugiendo por el patio y, cuando intentó detenerlos, le derribaron haciéndole caer en la nieve y siguieron corriendo porque les gustaba correr.

Aquella mañana apenas pudo hacer nada con ellos. Y estaba tan enfadado que temblaba de pies a cabeza y las lágrimas corrían por sus mejillas.

Deseó gritar a aquellos perversos animales, darles patadas y golpearles en la cabeza con la empuñadura de su látigo, pero no lo hizo. Guardó el látigo, ató de nuevo la cuerda en los cuernecillos de Estrella y les obligó a dar dos vueltas por el patio avanzando cuando decía «arre» y deteniéndose cuando decía «so».

Después se lo explicó a Padre porque pensó que alguien que

se mostraba tan paciente con los terneros sería lo bastante prudente para permitírsele al menos almohazar los potros. Pero Padre no pareció creerlo así. Se limitó a responderle:

—Eso está bien, hijo. Con calma y paciencia se consigue todo. Sigue de ese modo y algún día tendrás una buena yunta de bueyes.

El sábado siguiente Estrella y Brillante le obedecieron ciegamente: no hubiera necesitado hacer chasquear el látigo porque acataron todas sus órdenes. Pero de todos modos lo hizo, porque le gustaba.

Aquel sábado Pierre y Louis, los hijos de los franceses, acudieron a ver a Almanzo. El padre de Pierre era Perezoso John y el de Louis Joe el Francés. Vivían con sus numerosos hermanos y hermanas en las cabañas de los bosques e iban a pescar, cazar y recoger bayas. No tenían que ir nunca a la escuela, pero solían acudir a trabajar o a jugar con Almanzo.

Le vieron presumir con sus terneros en el patio. Estrella y Brillante se comportaban tan bien que a Almanzo se le ocurrió una espléndida idea. Sacó el magnífico trineo regalo de cumpleaños y con una barrena abrió un agujero en el travesaño que había entre los deslizadores delanteros. Entonces cogió una cadena de su padre y una clavija del gran trineo paterno y unció allí los terneros.

En el centro inferior de su yugo había una anillita metálica, igual a las anillas de los yugos grandes. Almanzo introdujo el mango de su trineo por ella hasta el mango del travesaño pequeño. El travesaño impedía que llegara demasiado lejos a través de la anilla. Luego aseguró un extremo de la cadena a la anilla y el otro lo enrolló por la clavija en el agujero del travesaño y lo sujetó.

Cuando Estrella y Brillante tiraran, arrastrarían el trineo con la cadena; cuando se detuvieran, el mango rígido del trineo lo detendría.

—¡Vamos, Louis, sube al trineo! —dijo Almanzo.

—¡No, soy el mayor! —dijo Pierre echando atrás a Louis—. Yo subiré primero.

—Será mejor que no lo hagas —dijo Almanzo—. Cuando los terneros sientan el peso es posible que echen a correr. Deja que suba primero Louis que es más ligero.

—¡No, no quiero! —exclamó el muchacho.

—Creo que es mejor así —dijo Almanzo.

—No —repuso.

—¿Tienes miedo? —preguntó Almanzo.

—¡Sí, tiene miedo! —replicó Pierre.

—No tengo miedo —se defendió Louis—. Simplemente no lo deseo.

—¡Tiene miedo! —se burló Pierre.

—¡Sí, tiene miedo! —repitió Almanzo.

Louis les aseguró que no sentía ningún temor.

—¡Lo tienes, estás asustado! —insistieron Almanzo y Pierre.

Le acusaron de ser un gato asustado, un niño pequeño. Pierre le dijo que se fuera con su mamá. De modo que finalmente el muchacho se instaló en el trineo con toda clase de precauciones.

Almanzo restalló su látigo y gritó:

—¡Arre!

Estrella y Brillante emprendieron la marcha y se detuvieron.

Intentaron volverse para ver qué había tras ellos, pero Almanzo insistió severamente «¡Arre!» y en esta ocasión se pusieron en marcha y siguieron avanzando. Almanzo caminaba junto a ellos restallando su látigo y gritado «¡So!» y conduciéndoles con toda seguridad por el patio. Pierre corría tras el trineo y

también se subió en él y los terneros seguían comportándose perfectamente. Por fin Almanzo abrió la puerta del patio.

Pierre y Louis saltaron rápidamente del trineo y Pierre dijo:

—¡Se irán corriendo!

—Creo que sé cómo manejar a mis terneros —repuso Almanzo.

Ocupó su puesto junto a Estrella, restalló el látigo y gritó «¡Arre!» e hizo abandonar a ambos el seguro patio para salir al grande, vasto y luminoso mundo exterior.

Estuvo gritando «derecha» e «izquierda» y los condujo más allá de la casa dirigiéndolos hacia la carretera. Allí se detuvieron al grito de «¡So!».

Pierre y Louis estaban ya muy excitados y se apretujaban en el trineo, pero Almanzo les hizo echarse atrás: también él se proponía subir. Se sentó delante, Pierre se sujetó a él y Louis a Pierre. Les sobresalían las piernas que mantenían rígidas sobre la nieve. Almanzo chasqueó orgulloso su látigo y gritó «¡Arre!»

Estrella levantó la cola y Brillante también y ambas alzaron sus patas traseras. El trineo saltó por los aires y luego todo sucedió rápidamente.

«Muuu», dijo Estrella. «Muuu», repitió Brillante. Ante el rostro de Almanzo volaban cascos y colas retorcidas y por encima de su cabeza galopantes cuartos traseros. «¡So!», gritaba. «¡So!» «Muuu», decía Brillante. «Muuu», repetía Estrella. Aquello era mucho más rápido que deslizarse cuesta abajo. Los árboles, la nieve y los cuartos traseros de los terneros, todo se confundía a medida que el trineo se precipitaba hacia abajo. A Almanzo le castañeteaban los dientes.

Brillante corría más deprisa que Estrella. Estaban saliendo de la carretera. El trineo volaba. Almanzo gritó «¡So, so!» Cayó de cabeza en la profunda nieve y aún seguía gritando: «¡So!»

La boca se le llenó de nieve. La escupió y se revolvió logrando salir a gatas.

Todo estaba tranquilo. La carretera se hallaba vacía. Los terneros habían desaparecido y también el trineo. Pierre y Louis salían de la nieve. Louis juraba en francés, pero Almanzo no le hacía caso. Pierre escupía, se enjugaba la nieve del rostro y decía:

—¡*Sacré bleu*! Decías que sabías conducir tus terneros. No habrán escapado, ¿verdad?

Más abajo de la carretera, semienterrados en los profundos montones de nieve junto al montículo formado sobre el muro de piedra, Almanzo distinguió los rojos lomos de los animales.

—No se han escapado —dijo—. Sólo han echado a correr. Allí están.

Se acercó a verlos. Tenían la cabeza y los lomos sobre la nieve, el yugo estaba torcido y los cuellos ladeados en los arcos. Juntaban los hocicos y abrían desmesuradamente los asombrados ojos. Parecían estar preguntándose qué había sucedido.

Pierre y Louis ayudaron a retirar la nieve que cubría a los animales y al trineo. Almanzo enderezó el yugo y la cadena. Luego se plantó delante de ellos y dijo «¡Arre!» mientras Pierre y Louis los empujaban por detrás. Los terneros subieron a la carretera y Almanzo las dirigió hacia el establo adonde se encaminaron de buen grado. Almanzo iba junto a Estrella restallando su látigo y gritando y ambos terneros hacían todo cuanto les decía. Pierre y Louis iban detrás sin subirse al trineo.

Almanzo guardó los terneros en su establo y dio a cada uno un poco de maíz. Limpió cuidadosamente el yugo y lo colgó, puso el látigo en su clavo y limpió la cadena y la clavija y los dejó donde los guardaba Padre. Luego dijo a Pierre y a Louis que podían subir detrás de él y se deslizaron colina abajo en trineo hasta la hora de realizar sus tareas.

Aquella noche Padre le preguntó:

—¿Has tenido algún problema esta tarde, hijo?

—No —repuso Almanzo—. Pero he descubierto que tendré que enseñar a Estrella y Brillante a marchar cuando yo los guíe.

Capítulo Diez

EL FINAL DEL AÑO

Los días se alargaban, pero el frío era más intenso.
Padre decía:

«Cuando los días se alargan
el frío se fortalece.»

Por fin la nieve se ablandó un poco en las laderas sur y oeste.
A mediodía caían los carámbanos. La savia brotaba de los árboles: había llegado la hora de hacer azúcar.

En las frías mañanas, poco antes de la salida del sol, Almanzo y Padre se dirigían al bosque de arces. Padre llevaba un gran yugo de madera en los hombros y Almanzo uno pequeño de cuyos extremos pendían tiras de cortezas rematadas con grandes ganchos metálicos en los que se sujetaban sendos cubos de madera.

Padre había perforado un agujerito en cada arce en el que había colocado un pequeño canalón de madera. La dulce savia del árbol goteaba por los canalones e iba a parar a unos pequeños recipientes.

Almanzo iba de uno a otro árbol y vaciaba la savia en sus grandes cubos. El peso pendía de sus hombros, pero sujetaba los recipientes con las manos para evitar que oscilasen. Cuando estaban llenos, los llevaba a un gran caldero dispuesto para tal fin, en cuyo interior los vaciaba.

El enorme caldero pendía de una cuerda sujeta entre dos árboles. Padre mantenía una hoguera encendida debajo para hervir la savia.

A Almanzo le agradaba internarse en los agrestes bosques helados. Caminaba sobre nieve que jamás nadie había hollado y sólo le seguían sus huellas. Vaciaba afanosamente los recipientes en los grandes cubos y cuando tenía sed tomaba un poco de la dulce, tenue y fresca savia.

Le gustaba aproximarse al magnífico fuego. Lo atizaba y veía volar las chispas. Se calentaba el rostro y las manos en aquel calor abrasador y olía la savia hirviendo. Luego regresaba al bosque.

A mediodía toda la savia cocía en el caldero. Padre abrió el cesto de la comida y Almanzo se sentó en un leño a su lado. Comieron y charlaron extendiendo los pies hacia el fuego y con una montaña de leños a su espalda. Aunque les rodeaba nieve, hielo y agrestes bosques, estaban cómodos y confortables.

Después de haber comido, Padre se quedó junto al fuego para vigilar la savia, pero Almanzo corrió en busca de bayas.

En las laderas de la parte sur, bajo la nieve, las bayas rojas y brillantes estaban maduras entre sus espesas y verdes hojas. Almanzo se quitó los guantes y retiró la nieve con las manos desnudas para encontrar los rojos racimos. Se llenó la boca con ellos. Las frías bayas crujían entre sus dientes vertiendo su aromático jugo.

Nada podía compararse a aquellos frutos extraídos de la nieve.

Las ropas de Almanzo estaban cubiertas de nieve y tenía los dedos entumecidos y rojos de frío, pero no abandonó las laderas de la parte sur hasta haberlas registrado totalmente.

Cuando el sol descendía tras los troncos de los arces, Padre echó nieve en el fuego y lo extinguió entre chisporroteos y humo. Luego metió el caliente jarabe en los cubos y Almanzo y él se colocaron los yugos en los hombros de nuevo y transportaron los cubos a casa

Vertieron el jarabe en la gran olla de latón de Madre, en el horno. Luego Almanzo comenzó sus tareas mientras Padre recogía el resto del jarabe del bosque.

Después de cenar, el jarabe estaba dispuesto para convertirse en azúcar. Madre lo repartió en cazos de leche de seis cuartos y lo puso a enfriar. A la mañana siguiente desprendió las pastillas redondas y castaño-doradas y las guardó en las estanterías superiores de la despensa.

Día tras día goteaba la savia, cada mañana Almanzo salía con su padre a recogerla y cocerla y cada noche Madre la convertía en azúcar. Elaboraba todo el azúcar que consumirían el año siguiente. Por fin la última cocción de jarabe no se convirtió en azúcar: se almacenó en jarras en el sótano para las necesidades de aquel año.

Cuando Alice regresó de la escuela olió a Almanzo y exclamó:

—¡Oh, has estado comiendo bayas!

Comentó que no era justo que ella tuviera que ir a la escuela mientras Almanzo recogía savia y comía bayas.

—Sólo os divertís los chicos —concluyó.

E hizo prometer a su hermano que no tocaría las laderas sur a lo largo del río de las Truchas, más allá de los pastos de las ovejas.

De modo que los sábados iban juntos a registrar aquellas laderas. Cuando Almanzo encontraba un rojo racimo gritaba y cuando Alice encontraba otro chillaba también. A veces se las repartían y otras, no, pero rebuscaron de pie y de rodillas por todas aquellas laderas y comieron bayas toda la tarde.

Almanzo llevó a casa un cubo lleno de las densas y verdes hojas y Alice las apretujó en una gran botella que su madre llenó de whisky y reservó: con ello perfumaría pasteles y tortas.

Cada día se deshacía un poco más la nieve. Se desprendía de cedros y abetos y caía en goterones por las desnudas ramas de robles, arces y hayas. La nieve se deshacía por las paredes de los establos y de la casa en abundante agua que caía de los carámbanos y finalmente también éstos se desprendieron a pedazos. La tierra estaba empapada de agua, oscuros charcos se diseminaban por doquier y se extendían. Sólo los senderos de paso seguían estando blancos y quedaba algo de nieve en las partes norte de los edificios y en los montones de leña. Luego concluiría el trimestre invernal de la escuela y llegaría la primavera.

Una mañana Padre fue a Malone y regresó a casa antes de mediodía difundiendo la noticia desde la calesa: ¡los compradores neoyorquinos de patatas estaban en la ciudad!

Royal corrió a ayudarle a enganchar el tronco al carro y

Almanzo y Alice se apresuraron a traer los cestos de *bushel* [1] de la leñera. Los llevaban a rastras por la escalera del sótano y se dedicaban a llenarlos de patatas con la mayor rapidez posible. Llenaron dos cestos antes de que Padre llegase con el carro al porche de la cocina.

Luego comenzó la competición. Padre y Royal subían apresuradamente los cestos cargados y los echaban en el carro y Almanzo y Alice los llenaban a toda prisa antes de que ellos regresaran.

Almanzo trataba de llenar más cestos que Alice, pero le era imposible. Su hermana iba tan deprisa que regresaba al arca donde se guardaban las patatas cuando su miriñaque aún giraba por el otro lado. Se echaba atrás los rizos manchándose las mejillas con las manos. Almanzo se reía al ver su cara sucia y ella se reía a su vez de él.

1 Medida de áridos equivalente, en Estados Unidos, a 35,237 litros.

—¡Mírate tú en el espejo: estás más sucio que yo!

Mantenían constantemente los cestos repletos; Padre y Royal no tuvieron que aguardar en ningún momento. Cuando el carro estuvo lleno, Padre marchó apresuradamente.

Regresó a media tarde y Royal, Alice y Almanzo volvieron a llenar el carro mientras él comía algo frío. Cargó de nuevo el carro y se lo volvió a llevar. Aquella noche Alice ayudó a Royal y a Almanzo a hacer sus tareas. Padre no estuvo allí para cenar y aún no había llegado a la hora de acostarse. Royal estuvo levantado aguardándole. Era entrada la noche cuando oyeron llegar el carro. Royal acudió a ayudar a Padre a almohazar y cepillar los cansados caballos que aquel día habían hecho veinte millas transportando sus cargas.

A la mañana siguiente y la otra todos comenzaron a cargar patatas a la luz de las velas y Padre marchó con la primera carga antes de salir el sol. El tercer día un tren de patatas partió hacia la ciudad de Nueva York y en él iban todas las cultivadas por Padre.

—Son quinientos *bushels* a dólar el *bushel* —dijo a Madre cuando estaban cenando—. El otoño pasado cuando las patatas bajaron de precio te dije que subirían al llegar la primavera.

Aquello representaba ingresar quinientos dólares en el banco. Todos estaban orgullosos de Padre que cultivaba tan excelentes patatas y sabía perfectamente cuando debía almacenarlas y cuando venderlas.

—Es estupendo —comentó Madre, radiante.

Todos estaban contentos, pero más tarde Madre dijo:

—Bueno, eso es asunto liquidado. Mañana temprano comenzaremos a limpiar la casa.

Almanzo odiaba la limpieza de la casa. Tenía que sacar las tachuelas clavadas alrededor del borde de millas de moquetas. Luego las colgaban en el exterior, en las cuerdas de tender la ropa, y tenía que sacudirlas con un palo largo. Cuando era pequeño corría debajo de las moquetas simulando que eran tiendas, pero ahora que tenía nueve años debía sacudirlas ininterrumpidamente hasta que no saliera polvo de ellas.

Todo se cambiaba de sitio en la casa. Todo se frotaba, fregaba, restregaba y pulía. Se quitaban las cortinas, los colchones de plumas se sacaban al exterior y se ventilaban y las mantas y colchas se lavaban. Desde el amanecer hasta que oscurecía Almanzo estaba corriendo, sacaba agua, recogía leña, extendía paja limpia por los suelos fregados y luego ayudaba a extender encima las moquetas y clavaba de nuevo las tachuelas en los bordes.

Pasó días y días en el sótano ayudando a Royal a vaciar los recipientes de las verduras. Retiraron todas las manzanas, zanahorias y nabos estropeados y dejaron los buenos en unos recipientes que Madre había lavado. Llenaron los restantes y los guardaron en la leñera. Transportaron tinajas, jarras y tarros hasta que el sótano estuvo casi vacío. Entonces Madre fregó las paredes y el suelo, Royal echó agua en cubos de cal y Almanzo la agitó hasta que dejó de hervir y estuvo en condiciones de enjalbegar el sótano. Fue muy divertido.

—¡Dios mío! —exclamó Madre cuando subieron a casa—. Lleváis más cal encima de la que habéis puesto en el sótano.

Cuando se secó, el sótano quedó como nuevo, limpio y blanco como la nieve. Madre llevó abajo sus lecheras a las limpias estanterías. Fregó los botes de mantequilla con arena y los secó al sol y Almanzo los puso en fila en el suelo del sótano para llenarlos de nuevo en verano.

Afuera florecían las lilas y los matorrales de bolas de nieve, despuntaban las violetas y los ranúnculos en los verdes pastos y los pájaros construían sus nidos. Había llegado el momento de trabajar en el campo.

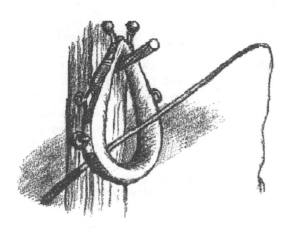

CAPÍTULO ONCE

PRIMAVERA

Ahora desayunaban antes de amanecer y el sol se levantaba tras las praderas cubiertas de rocío cuando Almanzo conducía su tronco de caballos desde el establo.

Tenía que subirse a una caja para poner las pesadas colleras a las caballerías y deslizar las bridas por sus orejas, pero sabía conducirlos. Había aprendido cuando aún era pequeño. Padre no le permitía tocar los potros, ni conducir a los fogosos caballos jóvenes, pero ahora que era bastante adulto para trabajar en los campos le dejaba conducir a los viejos y dóciles animales de tiro Bess y Bella.

Eran unas yeguas mansas y prudentes. Cuando las sacaban a pastar no relinchaban ni galopaban como los potros: miraban en torno, se tendían y revolcaban por la hierba y luego comenzaban a pacer. Si las enjaezaban, marchaban tranquilas una en pos de la otra por la puerta del establo, olfateando el aire primaveral y aguardaban pacientes a que sujetaran sus tirantes. Eran mayores que Almanzo y él ya iba a cumplir diez años.

Sabían arar sin pisar el grano y sin que los surcos salieran torcidos. Sabían gradar y giraban al final del campo. Almanzo hubiera disfrutado más conduciéndolas si no hubieran sabido tanto.

Las enganchó a la grada. El pasado otoño los campos habían

sido arados y abonados y ahora la tierra apelmazada debía ser gradada.

Bess y Bella marchaban de buena gana, sin apresurarse demasiado, aunque bastante rápidas para hacer un buen trabajo. Les gustaba faenar en primavera, después de pasar el largo invierno en sus establos. Iban y venían atravesando el campo y tirando de la grada seguidas de Almanzo que sostenía sus riendas. Al final de la hilera, el muchacho hacía girar en redondo el tronco de animales y hundía la grada de modo que sus dientes apenas coincidieran con la franja ya trabajada. Luego restallaba las riendas en las grupas de las yeguas gritando «¡Arre!» y de nuevo proseguían su marcha.

Otros muchachos estaban gradando por todo el país, volviendo la tierra mojada hacia el sol. Más al norte, el río San Lorenzo era una línea plateada en el límite del cielo. Los bosques parecían nubes de delicado verdor. Los pájaros saltaban gorjeando en la empalizada de piedra y las ardillas retozaban. Almanzo avanzaba silbando tras el tronco.

Después de haber gradado todo el campo a lo ancho, lo hizo a través.

Los afilados dientes de la grada peinaban de nuevo una y otra vez la tierra rompiendo los terrones. Todo el terreno debía quedar blando, suave y liso.

Cada vez tenía más hambre: ya no podía silbar. Su apetito crecía por momentos y le parecía que jamás llegaría mediodía. Se preguntaba cuantas millas habría caminado y el sol parecía seguir inmóvil; las sombras no cambiaban lo más mínimo. Estaba muerto de hambre.

Por fin el sol se levantó sobre su cabeza, casi habían desaparecido las sombras. Almanzo gradó otro surco y otro más y luego, por fin, oyó sonar los cuernos cerca y lejos.

Claro y alegre llegaba el sonido del gran cuerno de latón anunciando la comida.

Bess y Bella enderezaron las orejas y anduvieron más deprisa. Se detuvieron al final del campo, en dirección a la casa. Almanzo soltó los tirantes, los enrolló, dejó la grada en el campo y montó en la amplia grupa de Bella.

Llegó hasta el depósito de agua e hizo abrevarse los caballos. Los condujo al establo, les quitó las bridas y les dio pienso. Un buen jinete siempre cuida de sus caballos antes de comer o descansar él mismo. Pero Almanzo se apresuraba.

¡Qué buena estaba la comida! ¡Y cómo comió! Padre colmaba su plato una y otra vez y Madre, sonriente, le dio dos pedazos de pastel.

Cuando volvió a trabajar se sentía mejor, pero la tarde le pareció mucho más larga que la mañana. Al anochecer, cuando regresaba a los establos para llevar a cabo sus tareas, se sentía agotado. Durante la cena estuvo soñoliento y en cuanto concluyó subió a su habitación y se metió en la cama. ¡Era estupendo tenderse en el blando lecho! Antes de taparse con el cubrecama, se había quedado dormido.

Al cabo de unos momentos la vela que llevaba su madre iluminaba la escalera y le estaba llamando: comenzaba otro día.

No había tiempo que perder ni desperdiciar en descanso o juegos. La vida de la tierra surge precipitadamente al llegar la primavera. Las malas hierba y los cardos y los brotes de arbustos, matorrales y árboles tratan de invadir los campos. Los granjeros deben combatirlos con la grada, el arado y la azada y es preciso plantar rápidamente las buenas semillas.

Almanzo era un pequeño soldado en esa gran batalla. Trabajaba desde el amanecer hasta el anochecer; dormía desde que anochecía hasta que despuntaba el alba, y entonces se levantaba de nuevo y comenzaba de nuevo sus tareas.

Gradó el campo de patatas hasta que la tierra estuvo blanda y suave y quedó eliminado el último brote de malas hierbas. Ayudó a Royal a recoger las patatas para sembrar del recipiente del sótano y las cortó en pedazos dejando dos o tres ojos en cada uno.

Las plantas de la patata tienen flores y semillas, pero nadie sabe qué clase de fruto surgirá de una simiente. Todas las clases de patatas que han existido han surgido de una igual. Una patata no es una simiente sino parte de la raíz de la planta que la origina. Cortadla y plantadla y siempre hará patatas iguales a ella.

Todas las patatas tienen varias abolladuras que parecen ojos. De esos ojos salen las raíces que se hunden en la tierra y las hojitas se remontan hacia el sol. Consumen el trozo de patata cuando aún son pequeñas, antes de que sean bastante fuertes para alimentarse de la tierra y el aire.

Padre marcaba el campo. Para ello utilizaba un tronco con una hilera de ganchos de madera insertos en él a intervalos de tres pies y medio de distancia. Un caballo arrastraba el tronco y los ganchos formaban pequeños surcos. Marcaba el campo a lo largo y a lo ancho de modo que los surcos formaban pequeños cuadrados. Luego comenzaba la siembra.

Padre y Royal cogían sus azadas y Alice y Almanzo llevaban cubos cargados con trozos de patatas. Almanzo iba delante de Royal y Alice delante de Padre siguiendo los surcos.

En el ángulo formado por cada cuadrado donde se cruzaban los surcos, Almanzo echaba un trozo de patata. Debía depositarlo exactamente en la esquina, de modo que las hileras quedasen rectas y pudieran ser aradas. Royal las cubría con tierra y las apisonaba fuertemente con la azada. Detrás de Alice, Padre cubría los trozos de patata que ella echaba.

Plantar patatas es divertido. La fresca tierra y los campos de tréboles despedían un agradable olor. Alice estaba muy linda y tenía un aire divertido con la brisa ondeando sus rizos y haciendo vibrar su miriñaque. Padre estaba alegre e iban charlando mientras trabajaban.

Almanzo y Alice trataban de echar las patatas muy deprisa para tener algún momento de respiro al final de una hilera, a fin de buscar nidos de pájaros o perseguir a alguna lagartija en la cerca de piedra. Pero Padre y Royal les andaban siempre muy a la zaga.

—¡Date prisa, hijo, date prisa! —decía Padre.

De modo que se apresuraban y cuando llevaban bastante ventaja, Almanzo arrancaba un tallo de hierba y lo convertía en un silbato entre sus pulgares. Alice también lo intentaba, pero no podía conseguirlo. Fruncía la boca y silbaba. Royal se burlaba de ella y decía:

«Las chicas que silban y las gallinas que cacarean siempre acaban mal.»

Durante tres días fueron y vinieron arriba y abajo del campo mañana y tarde. Luego las patatas quedaron sembradas.

Seguidamente Padre plantó el grano. Sembró un campo de trigo para pan blanco; otro de centeno para el pan de centeneo y otro campo de avena mezclado con guisantes del Canadá para alimento de caballos y vacas durante el próximo invierno.

Mientras Padre sembraba, Almanzo le seguía por los campos

con Bess y Bella gradando las semillas en la tierra. Almanzo aún no podía sembrar el grano: debía practicar mucho antes de poder diseminar regularmente las semillas. Es un trabajo difícil.

Sobre el hombro izquierdo de Padre colgaba el pesado saco. Mientras caminaba, cogía puñados del interior y con un giro de su brazo y doblando la muñeca dejaba caer los granos de los dedos. Giraba el brazo al compás de sus pasos y cuando acababa de sembrar un campo, cada pulgada de terreno tenía distribuidas por igual sus semillas, ya fueran excesivas o escasas.

Las semillas eran demasiado pequeñas para distinguirlas en la tierra y no podía saberse cuán hábil era un hombre sembrando hasta que surgían a la superficie. Padre explicó a Almanzo que enviaron a un muchacho perezoso inútil a sembrar un campo. Como el muchacho no quería trabajar, vació su saco de simientes sin que nadie le viera y se fue a nadar. Después gradó el campo y no se enteraron de lo que había hecho. Pero las semillas lo sabían, la tierra también lo sabía y cuando incluso el muchacho había olvidado su perversidad, lo pregonaron: las malas hierbas se apoderaron de aquel campo.

Cuando todo el grano estuvo sembrado, Almanzo y Alice plantaron zanahorias. Llevaban sacos llenos de las pequeñas, redondas y rojas semillas colgando de los hombros, como Padre el gran saco de simiente. Padre había marcado el campo a lo largo con un marcador cuyos dientes estaban separados únicamente a dieciocho pulgadas de distancia. Alice y Almanzo iban arriba y abajo a lo largo del campo con las semillas sorteando los pequeños surcos con los pies.

El tiempo era ya tan cálido que podían ir descalzos. Se sentían muy a gusto pisando el blando suelo. Echaban las semillas de las zanahorias en los surcos y empujaban y apretujaban la tierra sobre ellas con los pies.

Almanzo se veía los pies, pero los de Alice quedaban ocultos bajo sus faldas. Los aros del miriñaque la rodeaban y tenía que echarlos atrás y agacharse para echar limpiamente las semillas en los surcos.

Almanzo le preguntó si no preferiría haber sido chico. Ella primero respondió afirmativamente y luego en sentido negativo.

—Los niños no son tan guapos como las niñas y no pueden lucir cintas.

—No me importa no ser guapo —repuso Almanzo—. Y tampoco me gustaría llevar cintas.

—Bueno, y también me gusta hacer mantequilla y colchas y cocinar, coser e hilar. Los chicos no pueden hacer esas cosas. Y aún siendo una chica siembro patatas y zanahorias y conduzco caballos tan bien como tú.

—Pero no sabes silbar con un tallo de hierba —objetó Almanzo.

Cuando llegó al final de la hilera miró las hojas nuevas y arrugadas del fresno y preguntó a su hermana si sabía cuándo se plantaba el maíz, a lo que ella respondió negativamente. Entonces Almanzo se lo dijo: se planta el maíz cuando las hojas del fresno son tan grandes como las orejas de las ardillas.

—¿Ardillas? ¿De qué tamaño? —se interesó Alice.

—Corrientes.

—Bueno, esas hojas son tan grandes como las orejas de un bebé ardilla y no es época de plantar maíz.

Por un momento Almanzo no supo qué responder. Luego dijo:

—Un bebé ardilla aún no es una ardilla, es un retoño.

—Pero no deja de ser una ardilla.

—No, no lo es: es un retoño. Como los gatos, zorros y ardillas cuando son pequeños. Un retoño no es un gato ni tampoco una ardilla.

—¡Oh! —se sorprendió Alice.

Cuando las hojas del fresno fueron bastante grandes, Almanzo ayudó a plantar maíz. El campo había sido marcado con el marcador de patatas y Padre, Royal y Almanzo lo sembraron juntos.

Llevaban bolsas de semillas de maíz colgadas de la cintura a modo de delantales y usaban azadas. En el ángulo formado en cada cuadrado, donde los surcos se cruzaban, removían la tierra con la azada y hacían un ligero hueco en el que echaban dos granos de maíz y los cubrían con tierra que aplastaban firmemente.

Padre y Royal trabajaban deprisa. Hacían exactamente los mismos movimientos cada vez con manos y azadas. Tres rápidas sacudidas y un golpe con la azada, un pase rapidísimo con la mano, luego vaciaban la tierra y daban dos golpecitos con la azada y el montoncito de maíz quedaba plantado. A continuación avanzaban rápidamente un paso y repetían la acción.

Pero Almanzo era la primera vez que plantaba maíz y no era tan experto manejando la azada. Tenía que dar dos pasos cada vez que Padre y Royal daban uno porque sus piernas eran más cortas. Padre y Royal le adelantaban constantemente: no podía seguir su ritmo. A cada momento uno de ellos concluía su hilera de modo que debía comenzar de nuevo. Aquello no le gustaba, pero sabía que plantaría maíz tan rápidamente como cualquiera cuando tuviera las piernas más largas.

Capítulo Doce

EL CACHARRERO

Una tarde después de la puesta del sol Almanzo distinguió por la carretera un caballo blanco que arrastraba un gran carro de intenso color rojo.

—¡Viene el cacharrero! ¡Viene el cacharrero! —exclamó.

Alice salió corriendo del gallinero con el delantal lleno de huevos y Madre y Eliza Jane aparecieron a su vez en la puerta de la cocina. Royal surgió del depósito de agua y los jóvenes caballos asomaron las cabezas por las ventanas de sus establos y relincharon a la vista del gran caballo blanco.

Nick Brown, el cacharrero, era un jombre jovial y rollizo que contaba historias y cantaba canciones. Al llegar la primavera recorría todas las carreteras del país llevando noticias de uno a otro lugar.

Su carro era como una casita que se bamboleaba sobre sólidas correas de cuero entre las cuatro altas ruedas. Tenía una puerta a cada lado y en su parte posterior una plataforma que se ladeaba hacia arriba como la cola de un pájaro, sujeta por correas que llegaban hasta lo alto del carro. Una barandilla adornaba toda la parte superior del vehículo y ésta, la plataforma y las ruedas estaban totalmente pintadas de intenso rojo, con hermosas volutas de amarillo vivo. Delante, en lo alto, se encontraba Nick Brown, en un sillín rojo por encima de la grupa del robusto caballo blanco.

Almanzo, Alice, Royal e incluso Eliza Jane le estaban aguardando cuando el carro se detuvo junto al porche de la cocina. Madre le sonreía en la puerta.

—¿Cómo está usted, míster Brown? —le dijo—. Guarde su caballo y venga en seguida. La cena está casi preparada.

Y Padre exclamó desde el establo:

—Métalo en la cochera de las calesas, Nick. Allí hay mucho espacio.

Almanzo desenganchó el lustroso y gran caballo y le condujo a abrevar, luego lo instaló en un establo y le dio doble ración de avena y abundante heno. Míster Brown almohazó y cepilló cuidadosamente al animal y lo secó con trapos limpios: era un buen jinete. Examinó todo el ganado y seguidamente dio su opinión sobre él: admiró a Estrella y Brillante y elogió los potros de Padre.

—Podría conseguir un buen precio por esos prometedores animales de cuatro años —dijo a Padre—. En Saranac los compradores neoyorquinos buscan caballos para el transporte. Uno de ellos pagó doscientos dólares por cabeza la semana pasada por un tronco muy inferior a éste.

Almanzo no podía intervenir cuando hablaban los adultos, pero sí escuchar y no se perdía detalle de lo que decía míster Brown. Y sabía que lo mejor de todo vendría después de cenar.

Nick Brown conocía las historias más divertidas y sabía más canciones que nadie. El mismo lo aseguraba y era cierto.

—Sí señor —decía—. Apuesto por mí, no sólo contra cualquiera sino contra una multitud. Contaré historia tras historia y cantaré canción tras canción mientras se me presenten contrincantes y cuando todos hayan acabado, yo contaré la última historia y cantaré la última canción.

Padre sabía que era cierto. Había sido testigo de ello en el almacén de míster Case en Malone.

De modo que después de cenar se instalaron todos junto a la estufa y el cacharrero inició sus relatos. Eran más de las nueve cuando todos se iban a la cama y a Almanzo le dolían los costados de tanto reír.

A la mañana siguiente tras desayunarse míster Brown engan-

chó el caballo blanco al carro, lo condujo ante el porche de la cocina y abrió las rojas puertas.

El interior estaba repleto de todo cuanto podría fabricarse en hojalata. En las estanterías de las paredes se veían montones de cubos de brillante hojalata, cacerolas, sartenes, jofainas, tarteras, paneras y barreños. Por encima oscilaban las tazas, cazos, marmitas, coladores y ralladoras. Había silbatos, cuernos, platos de juguete y tarteras y toda clase de animalitos hechos de hojalata y pintados en vivos colores.

Míster Brown había fabricado todo aquello durante el invierno y cada utensilio estaba perfectamente confeccionado con excelente material y firmemente soldado.

Madre bajó los grandes sacos de retales del ático y vació en el suelo del porche todos los que había estado guardando durante aquel año. Míster Brown examinó los excelentes y limpios retales de lana e hilo mientras Madre inspeccionaba su reluciente mercancía y comenzaron a negociar.

Pasaron largo rato hablando y discutiendo. El porche estaba lleno de brillantes piezas de hojalata y montones de retales. Por cada grupo de retales que Nick Brown añadía al gran montón,

Madre le pedía más mercancía de la que él pretendía trocar con ella. Ambos se lo pasaban muy bien bromeando, riendo y negociando. Por fin el cacharrero dijo:

—Bien, señora. Le daré las lecheras, los baldes, el colador, la espumadera y las tres tarteras, pero no el barreño: es mi última oferta.

—Muy bien, míster Brown —respondió Madre inesperadamente.

Había conseguido exactamente lo que deseaba. Almanzo comprendió que no necesitaba el barreño, que lo había añadido únicamente para regatear. Míster Brown también lo sabía. Pareció sorprendido y miró respetuoso a Madre. Era una mujer astuta y buena negociante que le había superado. Pero él también estaba satisfecho porque había conseguido muchos y estupendos retales por sus mercancías.

Recogió los trapos y los ató en un fardo que condujo a la ladeada plataforma posterior del carro. La plataforma y la barandilla de la parte superior del vehículo estaban destinados a guardar los retales que admitía a cambio de sus productos.

Entonces Míster Brown se frotó satisfecho las manos y miró en torno sonriente.

—Bien —dijo—. Me pregunto qué les gustaría a estos jóvenes.

Dio a Eliza Jane seis moldes pequeños de tarteras en forma de diamante para hacer pastelitos, a Alice otros seis en forma de corazón y a Almanzo un cuerno pequeño pintado de rojo.

—Gracias, míster Brown —dijeron todos.

Entonces el hombre montó en su elevado asiento y empuñó las riendas. El gran caballo blanco emprendió prestamente la marcha, bien alimentado, cepillado y tras disfrutar de un buen descanso. El rojo carro dejó atrás la casa y avanzó a sacudidas por la carretera y míster Brown comenzó a silbar.

Madre tenía sus cacharros para aquel año, Almanzo su potente cuerno y Nick Brown cabalgaba silbando entre los árboles y los verdes campos. Hasta la próxima primavera recordarían sus noticias y reirían sus chistes y Almanzo silbaría las canciones que él había cantado cuando siguiera a los caballos por los campos.

Capítulo Trece

EL EXTRAÑO PERRO

Nick Brown había dicho que los compradores de caballos neo-yorquinos estaban por aquellas proximidades, de modo que cada noche Padre cepillaba con especial cuidado a los potros de cuatro años. Estos estaban perfectamente domados y Almanzo ansiaba tanto ayudar a almohazarlos que Padre se lo permitió. Pero sólo podía entrar en los establos cuando él estaba presente.

Almanzo almohazó y cepilló cuidadosamente sus brillantes flancos castaños y sus redondos cuartos traseros y esbeltas patas. Luego los frotó con trapos limpios y peinó y trenzó sus crines y sus largas colas negras. Engrasó con un cepillito los cascos curva-dos hasta que estuvieron negros y brillantes como la bruñida es-tufa de Madre.

Procuraba no hacer movimientos bruscos ni sobresaltarlos. Mientras trabajaba les hablaba con voz suave y queda. Los potros mordisqueaban su manga y hocicaban sus bolsillos en busca de las manzanas que les llevaba. Arqueaban los cuellos cuando fro-taba sus aterciopeladas testeras y les brillaban los dulces ojos.

Almanzo sabía que en todo el mundo no había nada más her-moso y fascinante que aquellos preciosos animales. Cuando pen-saba que tenían que transcurrir años y años hasta que pudiera te-ner un potrillo que domar y cuidar, apenas podía resistirlo.

Una noche se presentó en el patio de los establos el compra-dor de caballos. Era un extraño personaje. Padre nunca le había visto. Vestía ropas de ciudad, de género tejido a máquina y con un pequeño látigo rojo daba golpecitos a sus brillantes y altas botas.

Tenía próximos a la nariz los negros ojos, su negra barba era puntiaguda y llevaba retorcidos los extremos de su bigote.

Su aspecto era muy raro, en medio del establo, retorciendo pensativo un extremo de su bigote y afilando más su punta.

Padre soltó los potros. Eran unos morgan perfectamente iguales, del mismo tamaño y forma, zaínos idénticos y con las mismas estrellas blancas en la frente. Arqueaban los cuellos y levantaban con elegancia sus esbeltas patas.

—Cumplirán los cuatro años en mayo. Son fuertes y sanos, sin la menor imperfección —decía Padre—. Están domados para conducir en pareja o solos. Son muy fogosos, con gran vitalidad y dóciles como retoños. Hasta una dama podría conducirlos.

Almanzo escuchaba. Estaba excitado, pero reparaba cuidadosamente en todo cuanto Padre y el comprador decían: algún día también él sería tratante de caballos.

El comprador palpó sus patas, les abrió la boca y les examinó los dientes. Padre no tenía nada que temer pues no había mentido acerca de la edad de los animales. Entonces el comprador retrocedió unos pasos y los observó mientras Padre cogía a cada uno con una larga cuerda y los hacía andar al paso, trotar y galopar en círculo a su alrededor.

—Fíjese en esto —observó.

Las crines y colas negras y brillantes ondearon en el aire. De sus suaves cuerpos y delicados remos surgieron castaños reflejos. Apenas parecían tocar el suelo. Giraban sin cesar, como siguiendo una melodía. El comprador miraba tratando de hallar defectos, pero no podía. Los potros permanecieron tranquilos y Padre aguardó. Finalmente el comprador le ofreció ciento setenta y cinco dólares por cada uno.

Padre dijo que no podía aceptar menos de doscientos veinticinco. Almanzo sabía que lo decía porque pensaba obtener doscientos: Nick Brown le había dicho que los compradores de caballos pagaban tal cantidad.

Entonces Padre enganchó ambos potros a la calesa y el comprador y él fueron a dar una vuelta por la carretera. Los animales erguían las cabezas, alargaban los ollares, sus crines y colas volaban a impulsos de la velocidad y sus ágiles patas se movían al compás, como si fuesen uno solo. La calesa se perdió de vista en un momento.

Almanzo comprendió que debía seguir realizando sus tareas. Entró en el establo y tomó la horca, pero no tardó en dejarla para salir a presenciar el retorno de los potros.

A su regreso, Padre y el comprador no se habían puesto de acuerdo en el precio. Padre se tiraba de la barba y el comprador retorcía su bigote. El comprador hablaba de los gastos de transporte hasta Nueva York y de los precios bajos que allí se pagaban. Tenía que tratar de conseguir algún beneficio. Lo máximo que podía ofrecer eran ciento setenta y cinco.

—Nos dividiremos la diferencia —dijo Padre—. Doscientos dólares. Y es mi último precio.

El comprador meditó unos instantes y respondió:

—No veo claro pagar esa cantidad.

—De acuerdo —repuso Padre—. Que no haya resentimientos. Nos sentiremos satisfechos si se queda a cenar con nosotros.

Y comenzó a desenganchar los potros.

—En Saranac están vendiendo mejores caballos que éstos a ciento setenta y cinco dólares —dijo el comprador.

Padre no respondió. Siguió desenganchando los potros y los condujo a sus establos.

—De acuerdo, serán doscientos —decidió entonces el hombre—. Perderé dinero, pero ya está decidido.

Sacó una gruesa cartera del bolsillo y dio a Padre doscientos para cerrar el trato.

—Tráigamelos mañana a la ciudad y le entregaré el resto.

Los potros habían sido vendidos al precio que Padre deseaba.

El comprador no se quedó a cenar. Se marchó y Padre llevó el dinero a Madre a la cocina.

—¿Quieres decir que debemos guardar esa cantidad en casa toda la noche? —exclamó Madre.

—Es demasiado tarde para llevarlo al banco —repuso Padre—. Aquí estará muy seguro. Nadie más que nosotros sabe que lo tenemos.

—Lo cierto es que no pegaré ojo en toda la noche.

—El Señor cuidará de nosotros —repuso Padre.

—El Señor cuida de quienes se cuidan —repuso Madre—. Ojalá que ese dinero estuviera a salvo en el banco.

Ya había pasado la hora de las tareas y Almanzo tuvo que apresurarse en el establo con los cubos de leche. Si las vacas no se ordeñaban exactamente a la misma hora por la mañana y por la noche, no daban tanta leche. Y luego había que limpiar los pesebres y cuadras y alimentar a todo el ganado. Eran casi las ocho cuando hubo concluido y Madre mantenía la cena caliente.

La cena no fue tan animada como de costumbre. Reinaba una sensación opresiva y sombría por causa de aquel dinero. Madre lo había ocultado en la despensa y luego en el armario de la ropa. Después de cenar comenzó a preparar la masa para la hornada del día siguiente. Pero seguía preocupada por el dinero. Aunque volaban sus manos, la masa apenas se esponjaba bajo la cuchara.

—No creo que a nadie se le ocurriera mirar entre las sábanas del armario —decía—. Pero pienso que... ¿Qué es eso?

Todos se sobresaltaron, contuvieron los alientos y escucharon.

—¡Algo o alguien está merodeando por la casa! —susurró Madre.

Por las ventanas únicamente se distinguía la oscuridad que dominaba en el exterior.

—Psst. No hay nadie —dijo Padre.

—¡Te digo que he oído algo!

—Yo no —insistió Padre.

—Ve a ver, Royal —dijo Madre.

Royal abrió la puerta de la cocina y escudriñó las tinieblas. Al cabo de unos momentos decía:

—Sólo es un perro perdido.

—¡Échalo! —repuso Madre.

Royal salió y lo despidió.

A Almanzo le hubiera gustado tener un perro. Pero los perros pequeños escarban el huerto, persiguen a las gallinas y sorben los huevos, y los grandes pueden matar a las ovejas. Madre siempre decía que había bastante ganado en la casa para tener además un sucio perro.

Madre dejó a un lado la masa de pan. Almanzo se lavó los pies: tenía que lavárselos cada noche cuando iba descalzo. Se estaba lavando cuando todos oyeron un sordo sonido en el porche posterior.

A Madre se le desorbitaron los ojos.

—Sólo es ese perro —dijo Royal.

Abrió la puerta. Al principio no distinguieron nada y Madre aún abrió más los ojos. Luego vieron a un perro grande y delgado encogiéndose entre las sombras. Le asomaban las costillas bajo la piel.

—¡Oh, pobre perro, Madre! —exclamó Alice—. ¡Por favor!, ¿puedo darle algo de comer?

—¡Por Dios, hija, sí! —repuso Madre—. Ya lo echarás por la mañana, Royal.

Alice le sacó un plato de comida. El animal no se atrevió a acercarse mientras la puerta estuvo abierta. Pero cuando Alice cerró, le oyeron masticar. Madre probó dos veces la puerta para asegurarse de que estaba cerrada.

La oscuridad invadió la cocina cuando salieron con las velas y la oscuridad se introdujo por las ventanas del comedor. Madre cerró ambas puertas del comedor e incluso fue al gabinete y se aseguró de que estaba bien cerrado, aunque nunca estaba abierto.

Almanzo yació largo rato en el lecho escuchando y fijando los ojos en las sombras, pero por fin se quedó dormido y no se enteró de lo que sucedía aquella noche hasta que Madre lo contó a la mañana siguiente.

Ella había puesto el dinero bajo los calcetines de Padre en el cajón de la cómoda. Pero después de acostarse se volvió a levantar y lo depositó bajo su almohada. Creía que no podría dormir en toda la noche, pero debió hacerlo porque durante la noche algo la despertó. Se incorporó en el lecho. Padre estaba profundamente dormido.

A la luz de la luna logró distinguir el matorral de lilas del patio. Todo estaba tranquilo. El reloj dio las once. De pronto se le heló la sangre en las venas al distinguir un profundo y salvaje gruñido. Se levantó y fue a la ventana. El perro estaba debajo, enfurecido y mostrando los dientes. Se comportaba como si hubiera alguien en la parcela de bosque.

Madre se quedó escuchando y mirando. Entre los árboles reinaba una absoluta oscuridad y no se percibía nada, pero el animal gruñía con violencia observando en aquella dirección.

Madre oyó las campanadas de medianoche y al cabo de largo rato la una. El perro iba gruñendo arriba y abajo por la valla. Por fin se tendió, mas seguía levantando la cabeza e irguiendo las orejas escuchando. Madre regresó quedamente al lecho.

Al amanecer, el perro había desaparecido. Lo buscaron, mas no lo encontraron por ningún lugar. Pero se distinguía su rastro por el patio y en el otro extremo de la verja, y en la parcela del bosque Padre descubrió las huellas de las botas de dos hombres.

Enganchó los caballos al punto antes de desayunarse, ató los potros tras la calesa y los condujo a Malone. Depositó los doscientos dólares en el banco, entregó los potros al comprador y cobró los restantes doscientos que ingresó asimismo en su cuenta.

—Tenías razón —dijo a Madre a su regreso—. Anoche estuvimos a punto de ser robados.

Un granjero próximo a Malone había vendido un tronco la semana anterior y guardado el dinero en su casa. Aquella noche unos ladrones irrumpieron en su habitación mientras dormía. Ataron a su mujer e hijos y les golpearon cruelmente para obligarle a confesar dónde guardaba el dinero. Una vez en su poder, huyeron. El sheriff los estaba buscando.

—No me sorprendería que ese comprador de caballos tuviera algo que ver en ello —dijo Padre—. ¿Quién si no sabía que había dinero en casa? Pero no pude demostrarlo. Hice indagaciones y anoche estaba en el hotel de Malone.

Madre dijo que siempre creería que la Providencia había enviado a aquel perro desconocido para cuidar de ello. Almanzo creía que tal vez se quedó porque Alice le dio de comer.

—Quizás vino para probarnos —dijo Madre—. Quizás el Señor fue clemente con nosotros porque nosotros lo fuimos con Él.

Nunca volvieron a ver al perro desconocido. Tal vez era un pobre animal perdido y los alimentos que le dieron le infundieron las fuerzas necesarias para regresar a su casa.

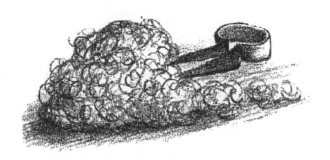

CAPÍTULO CATORCE

ESQUILAR OVEJAS

Los pastos y praderas mostraban una aterciopelada capa de espesa hierba y el tiempo era cálido: había llegado el momento de esquilar las ovejas.

Una soleada mañana Pierre y Louis fueron a la dehesa con Almanzo y condujeron a las ovejas a los corrales de lavado. El alargado corral se extendía por la herbosa dehesa hasta las claras y profundas aguas del río de las Truchas. Tenía dos puertas que daban a la dehesa y entre ellas una pequeña valla se prolongaba hasta la orilla del agua.

Pierre y Louis impedían que el rebaño escapara mientras Almanzo asía a una lanuda oveja y la empujaba por una compuerta. En el corral, Padre y Perezoso John la cogían. Entonces Almanzo empujaba a otra oveja por el mismo conducto y Royal y Joe el Francés la cogían a su vez mientras las restantes observaban asombradas y balaban y aquellas dos se debatían y pateaban protestando ruidosamente. Los hombres les frotaban la piel cubierta de lana con abundante jabón líquido y las arrastraban a las profundas aguas, donde se verían obligadas a nadar. Los hombres se hundían hasta la cintura en la rápida corriente y sostenían a las ovejas frotándolas concienzudamente. Toda la suciedad se desprendía de ellas e iba corriente abajo con la espuma del jabón.

Las restantes ovejas, testigos de todo ello, balaban estrepitosamente y trataban de escapar. Pero Almanzo, Pierre y Louis corrían gritando tras el rebaño y las devolvían a la compuerta.

En cuanto una oveja estaba limpia, los hombres la hacían girar por el extremo de la valla divisoria y la levantaban por el borde dejándola en la parte exterior del corral. Los pobres animales salían mojados y balando lastimeros, pero el sol los secaba rápidamente dejándolos blancos y esponjosos.

En cuanto los hombres acababan con una oveja, Almanzo empujaba otra hacia el corral y ellos la cogían, enjabonaban y arrastraban hacia el río.

Lavar ovejas era divertido para todos —salvo para ellas—. Los hombres chapoteaban, gritaban y reían en el agua y los chicos corrían y gritaban en la dehesa. Sentían el calor del sol en sus espaldas y la hierba fría bajo sus pies descalzos y sus carcajadas apenas resonaban en la vasta y grata serenidad de los verdes campos y praderas.

Una oveja tropezó con John y le hizo caer sentado en el río cubriéndole de agua hasta la cabeza.

—Si ahora tuvieras la lana enjabonada estarías a punto de esquilarte, John —gritó Joe.

Cuando oscureció, todo el rebaño estaba lavado. Limpias, blancas y esponjosas las ovejas se diseminaron por la ladera, mordisqueando la hierba y la dehesa parecía un matorral de bolas de nieve en flor.

A la mañana siguiente John se presentó antes de almorzar y Padre instó a Almanzo a que se levantara pronto de la mesa. El muchacho cogió un pedazo de pastel de manzana y marchó a la dehesa oliendo el aroma de los tréboles y devorando las perfumadas manzanas y su escamosa corteza a grandes bocados. Se lamió los dedos y luego reunió a las ovejas y las condujo por la hierba cubierta de rocío hasta el redil del Establo Sur.

Padre lo había limpiado y construido una plataforma que se levantaba en un extremo. Perezoso John y él cogieron cada uno una oveja, se instalaron en la plataforma y comenzaron a cortar la lana con largas tijeras. Las espesas marañas de blanca lana se desprendieron enteras y las ovejas quedaron como desnudas, mostrando sus pieles sonrosadas.

Con el último tijeretazo el vellón entero cayó en la plataforma y las ovejas saltaron de ella balando ruidosamente. Las restantes respondían ante tal espectáculo, pero Padre y John ya estaban esquilando a otras dos.

Royal enrollaba fuertemente los vellones y los ataba con bramante y Almanzo se los llevaba arriba, al desván, y los extendía por el suelo. Iba arriba y abajo lo más deprisa posible, pero cuando llegaba, ya tenía preparado otro fardo.

Padre y Perezoso John eran buenos esquiladores. Sus largas tijeras se introducían en la espesa lana como relámpagos, cortando muy cerca de la rosada piel, pero sin arañarla jamás. Aquello no era fácil porque las ovejas de Padre eran merinas de excelente calidad. Las ovejas merinas tienen la lana más delicada, pero su piel forma profundas arrugas y es difícil sacar toda la lana sin lastimarlas.

Almanzo se esforzaba denodadamente por llevarse corriendo los vellones. Eran tan pesados que sólo podía transportar uno cada vez. No quería perder tiempo, pero de pronto vio correr a la gata atigrada del establo con una rata y comprendió que se la llevaba a su nueva camada.

Fue tras ella y más allá, bajo los aleros del Gran Establo, descubrió el pequeño nido en el heno con cuatro gatitos. La gran gata ronroneaba ruidosamente enroscándose en torno a ellos y abría y cerraba una y otra vez las negras rendijas de sus ojos. Los gatitos tenían boquitas sonrosadas, proferían minúsculos maullidos, sus menudas patitas mostraban las blancas uñas y tenían los ojitos cerrados.

Cuando Almanzo regresó al redil le aguardaban seis vellones y Padre estaba enojado.

—Hijo —le dijo—, procura ajustarte a nuestro ritmo a partir de ahora.

—Sí, Padre —repuso Almanzo apresurándose.

De pronto oyó decir a Perezoso John:

—No lo conseguirá: acabaremos antes que él.

Entonces Padre se echó a reír y respondió:

—Es cierto, John: no podrá seguirnos.

Almanzo se propuso demostrarles que estaban equivocados y corrió cuanto pudo para conseguirlo. Antes de mediodía había alcanzado a Royal y tuvo que aguardar a que atase un vellón.

—Habéis visto que puedo mantener vuestro ritmo —les dijo.

—¡Oh, no, no puedes! —dijo John—. Te hemos ganado. Acabaremos antes que tú. Espera y verás.

Entonces todos se rieron de él.

Seguían riendo cuando oyeron el cuerno que anunciaba la hora de la comida. Padre y John concluyeron con la oveja que estaban esquilando y fueron a la casa. Royal ató el último vellón y lo dejó y Almanzo aún tuvo que llevarlo arriba: entonces comprendió lo que querían decir, pero pensó: «No les permitiré que me ganen».

Buscó un trozo de cuerda y la enrolló al cuello de una oveja que aún no había sido esquilada. La condujo hasta la escalera y luego, paso a paso, tiró de ella y la obligó a subir. La oveja balaba constantemente, pero Almanzo consiguió meterla en el desván. La ató cerca de los vellones y le dio un poco de heno para que estuviera tranquila. Entonces fue a comer.

Durante toda aquella tarde Perezoso John y Royal estuvieron diciéndole que se apresurase o le ganarían. Almanzo respondía constantemente:

—No me ganaréis: os sigo perfectamente.

Y entonces se reían de él.

Recogía cada vellón en cuanto Royal lo ataba, lo llevaba arriba y volvía a bajar corriendo. Ellos reían al verlo apresurarse y seguían diciéndole:

—¡Oh, no nos ganarás! ¡Acabaremos antes!

Cuando se aproximaba la hora de las tareas, Padre y John compitieron en esquilar las dos últimas ovejas: ganó Padre. Almanzo corrió con el vellón y regresó antes de que estuviera a punto el último. Royal lo ató y dijo:

—Ya hemos acabado, Almanzo. ¡Te hemos ganado! ¡Te hemos ganado!

Royal y John estallaron en sonoras carcajadas e incluso su padre rió.

—No me habéis ganado —dijo entonces Almanzo—. Tengo una piel arriba que aún no habéis esquilado.

Los hombres dejaron de reír sorprendidos. Al cabo de unos momentos la oveja del desván baló sonoramente al oír que las demás estaban pastando.

—¡Ahí está la oveja! —exclamó Almanzo—. La he subido y aún tenéis que esquilarla. ¡Os he ganado! ¡Os he ganado!

John y Royal estaban tan divertidos que no podían contener la risa. Padre prorrumpió en ruidosas carcajadas.

—¡Te han gastado una broma, John! —exclamó Padre—. Ríe mejor quien ríe el último.

Capítulo Quince

OLA DE FRÍO

Era una primavera fría y tardía. Los amaneceres eran frescos y, a mediodía, la luz del sol apenas calentaba. Las hojas de los árboles brotaban lentamente, los guisantes, habichuelas, zanahorias y maíz aguardaban a que llegase el calor para crecer.

Cuando el agobio del trabajo primaveral hubo concluido, Almanzo tuvo que regresar a la escuela. Sólo los niños pequeños iban a la escuela durante el trimestre primaveral y él deseaba ser bastante mayor para quedarse en casa. No le gustaba estar sentado estudiando delante de un libro cuando había tantas cosas interesantes que hacer.

Padre llevó los vellones a la tricotosa de Malone y devolvió a casa los suaves y largos rollos de lana correcta y primorosamente cardados. Madre ya no cardaba la lana puesto que había una máquina que lo hacía en participación. Pero sí la seguía tiñendo.

Alice y Eliza Jane recogían raíces y cortezas en el bosque y Royal preparaba enormes hogueras en el patio. Cocían las raíces y cortezas en grandes calderos al fuego, sumergían en ellos las largas madejas de lana que Madre había hilado y los sacaban con unos palos, teñidos en marrón, rojo y azul. Cuando Almanzo regresaba a casa de la escuela, los tendedores estaban llenos de madejas de colores.

Madre también hacía jabón líquido. Había recogido en un barril todas las cenizas del invierno y ahora vertía agua sobre ellas y por un agujerito del fondo del recipiente goteaba lejía. Madre echaba le lejía en un caldero y añadía cortezas de cerdo y todos los residuos de grasa animal que había guardado en el invierno. El caldero hervía y la lejía y la grasa hacían jabón.

Almanzo podía haber mantenido encendido el fuego o vaciado el viscoso jabón marrón del caldero, llenando los botes con ello. Pero tenía que ir a la escuela.

Observaba nervioso la luna porque en el novilunio de mayo dejaría de ir al colegio y plantaría calabazas.

Entonces, en el fresco y temprano amanecer, se ataba a la cintura una bolsa llena de semillas de calabazas e iba al campo de maíz. El oscuro campo estaba cubierto por un tenue velo verde de malas hierbas. Los pequeños tallos de maíz crecían dificultosamente por causa del frío.

En cada dos montículos de maíz, a hileras alternas, Almanzo se arrodillaba y cogía una pequeña y delgada semilla entre pulgar e índice cuya afilada punta clavaba hacia abajo en el suelo.

Al principio tenía frío, pero pronto se levantaba el sol. El aire y la tierra olían agradablemente y era divertido hundir los dedos en la blanda tierra y depositar allí la simiente para que creciera.

Trabajó día tras día hasta que estuvieron sembradas todas las calabazas y luego se ofreció para cavar y entresacar las zanahorias. Escardó todas las malas hierbas de los largos surcos y arrancó las pequeñas partes peludas superiores de las plantas hasta que quedaron a dos pulgadas de distancia.

No se apresuraba: nadie se había preocupado tanto de las zanahorias como él porque no quería volver a la escuela. Hizo durar el trabajo hasta que sólo quedaban tres días de escuela; entonces concluiría el trimestre primaveral y podría trabajar todo el verano.

Primero ayudó a cavar el campo de maíz. Padre aró entre los surcos y Royal y Almanzo eliminaron con sus azadas todas las hileras que quedaban y escardaron alrededor de cada montículo de maíz. Las azadas funcionaban constantemente removiendo la tierra en torno a los tiernos brotes de maíz y a las dos primeras hojas lisas de las calabazas.

Almanzo cavó dos acres de maíz y luego otros dos de patatas. Con ello concluyó aquel trabajo durante un tiempo y llegó la época de las fresas.

Aquel año escaseaban las fresas silvestres y eran tardías porque el hielo había quemado las primeras flores. Almanzo tuvo que adentrarse mucho en los bosques para llenar su cubo de aquellas dulces, pequeñas y fragantes bayas.

Cuando descubría los racimos bajo las verdes hojas, no podía dejar de comer alguna. Cortaba las verdes ramitas y también se las comía y mordisqueaba los agridulces tallos de acedera hasta sus delicadas flores azuladas. Se detenía a tirar piedras a las retozonas ardillas y dejaba el cubo en las orillas de los arroyos que vadeaba persiguiendo a los pececillos. Pero nunca regresaba a casa hasta haber llenado el cubo.

Entonces cenaban fresas con nata y al día siguiente Madre hacía confituras.

—Nunca había visto crecer tan despacio el maíz —se preocupaba Padre.

Aró de nuevo el campo y de nuevo Almanzo ayudó a Royal a cavarlo, pero los pequeños brotes seguían dormidos. El primero de julio sólo habían crecido cuatro pulgadas. Parecían sentirse amenazados por algún peligro que les inspiraba miedo a florecer.

Faltaban tres días para el cuatro de julio, Día de la Independencia. Luego fueron dos y, por fin, uno. Y aquella noche Almanzo tuvo que bañarse aunque no fuera sábado. A la mañana siguiente irían todos a la fiesta que se celebraba en Malone. Almanzo aguardaba impaciente a que llegara el día siguiente. Tocaría la banda, habría discursos y dispararían el cañón de cobre.

Aquella noche el ambiente era frío y tranquilo y las estrellas tenían aspecto glacial. Después de cenar, Padre fue de nuevo a los establos, cerró las puertas y ventanillas de las cuadras de los caballos y puso a las ovejas con los corderos en el redil.

Cuando entró Madre le preguntó si hacía más frío.

—Creo que va a helar —dijo.

—¡Bah! Seguro que no —repuso Madre. Pero parecía preocupada.

En algún momento de la noche Almanzo sintió frío, pero estaba demasiado dormido para hacer nada. Entonces oyó gritar a su madre.

—¡Royal, Almanzo! ¡El maíz se hiela!

Salió tambaleándose del lecho y se puso los pantalones. No podía mantener los ojos abiertos, sentía torpes las manos y grandes bostezos casi dislocaban su mandíbula. Bajó la escalera tambaleándose detrás de Royal.

Madre, Eliza Jane y Alice se estaban poniendo capuchas y chales. la cocina estaba fría: el fuego aún no había sido encendido. Afuera todo tenía aspecto extraño. La hierba estaba cubierta de blanca escarcha y en el cielo, por oriente, se distinguía una fría línea verde, pero reinaba la oscuridad.

Padre enganchó a Bess y Bella al carro. Royal llenó el abrevadero de agua. Almanzo ayudó a Madre y a las chicas a sacar barreños y cubos y Padre colocó seis barriles en el carro. Llenaron los barreños y barriles de agua y luego fueron en pos del carro hasta el campo de maíz.

El maíz estaba helado. Las hojitas aparecían tiesas y se rompían al contacto de los dedos: sólo el agua fría podría salvarlo. Cada montículo debía ser regado antes de que saliera el sol o las plantitas morirían y no habría cosecha aquel año.

El carro se detuvo al borde del campo. Padre, Madre, Royal, Eliza Jane, Alice y Almanzo llenaron sus cubos de agua y todos emprendieron la tarea lo más rápidamente posible.

Almanzo trataba de correr, pero el cubo le pesaba y sus piernas eran cortas. Tenía los dedos fríos y mojados, el agua le salpi-

caba las piernas y estaba terriblemente soñoliento. Tropezaba con los surcos y ante cada montículo de maíz vertía un poco de agua sobre las heladas hojas.

El campo parecía enorme. Había cientos y cientos de montoncitos de maíz. Almanzo comenzaba a sentir hambre, pero no podía detenerse ni lamentarse. Tenía que correr, correr, correr, para salvar el grano.

La línea verde del horizonte se tornaba sonrosada. La luz se aclaraba por momentos. Al principio la oscuridad había sido como una niebla que cubría el infinito campo; ahora Almanzo ya podía distinguir el final de los largos surcos. Trató de ir más de prisa.

Al cabo de unos momentos la tierra se convirtió de negra en gris: el sol surgía para exterminar la cosecha.

Almanzo se apresuraba a llenar el cubo y regresaba corriendo. Iba a toda prisa por los surcos echando agua en los montones de maíz. Tenía doloridos los hombros y brazos y sentía intenso dolor en el costado. La blanda tierra se le enganchaba en los pies. Se sentía terriblemente hambriento, pero cada chorro de agua salvaba un montículo de grano.

A la grisácea luz del alba el maíz mostraba ya débiles sombras. De repente un pálido rayo de sol cayó sobre el campo.

—¡Adelante! —gritó Padre.

Y todos siguieron sin detenerse.

Pero al cabo de un rato Padre desistió.

—Es inútil —dijo.

Nada salvaría ya el grano tras recibir el contacto del sol.

Almanzo dejó el cubo en el suelo y se irguió para aliviar su dolor de espalda. Se quedó contemplando el campo de maíz, como todos los demás, sin decir palabra. Habían regado casi tres acres; quedaba un cuarto de acre sin regar, que se había perdido.

Almanzo, agotado, se encaminó hacia el carro y montó en él.

—Podemos estar satisfechos —dijo Padre—, hemos salvado la mayor parte.

Regresaron soñolientos a los establos. Almanzo aún no estaba totalmente despierto y se sentía cansado, hambriento y helado. Realizó sus tareas con las manos entumecidas, pero la mayor parte de la cosecha se había salvado.

Capítulo Dieciséis

EL DÍA DE LA INDEPENDENCIA

Almanzo estaba desayunando cuando recordó que era el cuatro de julio. Se alegró mucho.

Era como la mañana del domingo. Después de desayunar, se lavó la cara con jabón líquido hasta que relumbró, se hizo la raya, se peinó y alisó los cabellos, se puso los pantalones grises, la camisa de percal francés, su chaleco y la chaquetilla redonda.

Madre había hecho su traje nuevo a la moda. La chaqueta se cerraba en el cuello con una cinta y ambos lados se redondeaban sobre los bolsillos de los pantalones.

Se puso un sombrero redondo que Madre había hecho de paja de avena trenzada y ya estuvo totalmente arreglado para el Día de la Independencia. Se sentía muy elegante.

Los lustrosos caballos de Padre fueron enganchados a la bruñida calesa de ruedas rojas y todos partieron en ella bajo la radiante luz del sol. Por doquier había aire festivo. Nadie trabajaba en los campos y la gente iba por la carretera con los trajes de los domingos camino de la ciudad.

Los rápidos caballos de Padre dejaban a todos atrás. Pasaban a carros, carretas y calesas, a corceles roanos, negros y moteados. Almanzo saludaba con el sombrero a aquellos conocidos con quienes se cruzaban y hubiera sido absolutamente feliz si hubiera podido conducir aquel rápido y hermoso tronco.

En las cuadras de la iglesia de Malone ayudó a desenganchar los caballos a Padre mientras Madre, las niñas y Royal se apresuraban. Pero Almanzo prefería ayudar con los animales que cualquier otra cosa.

No le permitían conducirlos, pero sí atar sus cabestros y ponerles las mantas, acariciar sus suaves testeras y darles heno.

Luego, en compañía de Padre, pasearon por las atestadas aceras. Los almacenes estaban cerrados, pero damas y caballeros paseaban arriba y abajo de la calle charlando. Las niñas lucían volantes y llevaban sombrillas y todos los niños iban bien vestidos, como él. Había banderas por doquier y en la Plaza la banda tocaba *Yankee Doodle*. Sonaban los pífanos y se escuchaban las estridentes flautas y el repiqueteo de los tambores.

> *«Yankee Doodle fue a la ciudad*
> *cabalgando en un poney*
> *se metió una pluma en el sombrero*
> *y la llamó macaroni.»*

Incluso los adultos tenían que seguir el ritmo. ¡Y allí, en la esquina de la Plaza, estaban los dos cañones de latón!

La Plaza en realidad no era cuadrada[1]. La línea de ferrocarril la había convertido en triangular, pero todos seguían llamándola Plaza. Estaba rodeada de una cerca y allí crecía la hierba. Sobre el césped había hileras de bancos y la gente se introducía en fila en los bancos y se sentaba como si estuviera en la iglesia.

Almanzo y su padre ocuparon uno de los mejores asientos delanteros. Todos los hombres importantes se detenían a estrechar la mano a Padre. La multitud seguía llegando hasta que los asientos estuvieron llenos y aún quedó gente fuera de la verja.

La banda dejó de tocar y el pastor oró. Luego la banda tocó de nuevo y todos se levantaron, hombres y chicos se descubrieron las cabezas. A los sones de la banda todos cantaron:

> *«¡Oh, ves, con la primera luz del amanecer*
> *con cuanto orgullo saludábamos al postrer*
> *resplandor crepuscular*

---

1 *Square*, en inglés, significa plaza o cuadrado. De ahí el juego de palabras originado.

cuyas anchas barras y brillantes estrellas,
a través de la peligrosa noche,
veíamos ondear tan gallardamente
sobre las murallas!»

En lo alto del asta, contra el cielo azul, se agitaban barras y estrellas. Todos contemplaban la bandera americana y Almanzo cantaba con todas sus fuerzas.

Luego todos se sentaron y un miembro del Congreso se instaló en la plataforma y lenta y solemnemente leyó la Declaración de Independencia.

—«Cuando en el curso de los acontecimientos humanos se hace necesario que un pueblo... asuma entre las potencias de la tierra una posición independiente e imparcial.... Sostenemos que estas verdades son manifiestas y que todos los hombres han sido creados iguales...»

Almanzo se sentía solemne y orgulloso.

Seguidamente dos hombres pronunciaron largos discursos políticos. Uno propugnaba elevar los aranceles y otro creía en el libre comercio. Los adultos escuchaban absortos, pero Almanzo no comprendía muy bien los discursos y comenzaba a estar hambriento. Se alegró cuando la banda volvió a tocar.

La música era muy vibrante, los músicos lucían botones azules, rojos y de latón y tocaban alegremente y el grueso tambor repiqueteaba. Todas las banderas ondeaban y todos eran felices porque se sentían libres e independientes y era el Día de la Independencia. Y era hora de comer.

Almanzo ayudó a Padre a alimentar a los caballos mientras Madre y las chicas servían la merienda en el césped del patio de la iglesia. Otras muchas personas estaban allí merendando y después que Almanzo hubo comido todo cuanto pudo regresó a la Plaza.

Junto a los estacionamientos de carros un hombre vendía limonada rosada a cinco centavos el vaso y una multitud de chicos de la ciudad estaban a su alrededor. Entre ellos se encontraba su primo Frank. Almanzo bebió de la bomba de agua, pero

Frank dijo que iba a comprarse una limonada con cinco centavos que tenía. Fue hacia el puesto, compró un vaso de limonada que bebió lentamente. Chasqueó la lengua y se frotó el estómago diciendo:

—¡Hummm! ¿Por qué no te compras una?

—¿De dónde has sacado la moneda? —preguntó Almanzo.

Él nunca había tenido dinero. Padre le daba un centavo cada domingo para la colecta de la iglesia: jamás había dispuesto de otras monedas.

—Me la dio mi padre —alardeó Frank—. Mi padre me da dinero siempre que se lo pido.

—Bueno, también lo haría mi Padre si se lo pidiera —repuso Almanzo.

—¿Entonces por qué no se lo pides? —preguntó Frank que no creía que se lo diera. Pero Almanzo no sabía si iba o no a dárselo.

—Porque no quiero —repuso.

—No te dará los cinco centavos —dijo Frank.

—Sí lo hará.

—Te desafío a que se lo pidas —repuso Frank. Los otros muchachos escuchaban. Almanzo se metió las manos en los bolsillos y dijo:

—Si quisiera, lo haría.

—Ya. Tienes miedo —se burló Frank—. ¡Te desafío doblemente!

Padre estaba un poco más abajo de la calle hablando con míster Paddock, el constructor de carros. Almanzo se sentía acobardado, pero tenía que ir. Cuanto más se acercaba a su padre, más temía pedirle la moneda. Nunca se le hubiera ocurrido tal cosa: estaba seguro de que Padre no se la daría.

Aguardó a que él dejara de hablar y se lo quedó mirando.

—¿Qué sucede, hijo? —preguntó Padre.

Almanzo estaba asustado.

—¿De qué se trata, hijo? —insistió Padre. Se quedó paralizado mientras Padre y míster Paddock le miraban y sintió deseos de desaparecer. Finalmente Padre le preguntó:

—¿Para qué? —Almanzo fijó la mirada en el suelo, en sus mocasines, y murmuró:

—Frank tenía cinco centavos y se ha comprado una limonada rosa.

—Bien —dijo Padre lentamente—. Si Frank te invitó, es justo que también tú le invites.

Se metió la mano en el bolsillo. Luego se detuvo e inquirió:

—¿Te invitó Frank a limonada?

Almanzo deseaba tan ardientemente la moneda que asintió. Luego se sintió violento y dijo:

—No.

Padre le miró largamente. Entonces sacó su cartera, la abrió y lentamente sacó una moneda redonda y grande de plata de medio dólar.

—¿Sabes qué es esto, Almanzo? —preguntó.

—Medio dólar —respondió el muchacho.

—Sí, ¿pero sabes qué representa medio dólar?

Almanzo sólo sabía que era medio dólar.

—Es trabajo, hijo —prosiguió su padre—. Eso es lo que representa el dinero: duro trabajo.

Míster Paddock rio entre dientes.

—El chico es demasiado joven, Wilder —dijo—. No puedes hacerle comprender eso a un jovencito.

—Almanzo es más listo de lo que crees —repuso Padre.

Almanzo no comprendía nada en absoluto: hubiera deseado largarse. Pero míster Paddock miraba a Padre como Frank le había mirado a él cuando le había desafiado y Padre había dicho que él era inteligente, por lo que trató de parecer un chico inteligente.

—¿Sabes cómo se cultivan las patatas, Almanzo? —prosiguió Padre.

—Sí —repuso el muchacho.

—Imagina que tienes la simiente de una patata en primavera. ¿Qué harás con ella?

—Cortarla —respondió el muchacho.

—Sigue, hijo mío.

—Luego, gradar la tierra... Es decir, primero abonarla, ararla y gradarla y marcar el terreno. Y sembrar las patatas, arar y cavar. Luego arar y cavar dos veces.

—Correcto, hijo. ¿Y luego?

—Entonces recogerlas y guardarlas en el sótano.

—Sí, luego las guardas todo el invierno, tiras las pequeñas y podridas. Al llegar la primavera las cargas y las traes aquí, a Malone, y las vendes. Y si consigues un buen precio, hijo ¿cuánto crees que obtendrás para justificar todo ese trabajo? ¿Cuánto conseguirás por medio *bushel* de patatas?

—Medio dólar —repuso Almanzo.

—Sí —repuso Padre—: eso es lo que representa ese medio dólar, Almanzo: el trabajo que produce medio *bushel* de patatas es lo que representa.

Almanzo contempló la redonda moneda que Padre sostenía: parecía pequeña comparada con todo aquel esfuerzo.

—Puedes quedártela, Almanzo —dijo Padre.

El muchacho apenas podía dar crédito a tales palabras. ¡Padre le daba aquel importante medio dólar!

—Es tuyo —dijo Padre—. Puedes comprarte un lechón, si quieres. Puedes criarlo y tener una camada de cerditos que valdrán cuatro o cinco dólares cada uno. O puedes cambiar ese medio dólar por limonada y bebértelo. Haz lo que quieras: es tu dinero.

Almanzo olvidó darle las gracias. Cogió un momento el medio dólar se lo metió en el bolsillo y regresó con los chicos junto al puesto de limonadas. El hombre pregonaba:

—¡Venid! ¡Venid! ¡Limonada fresquísima a sólo cinco centavos el vaso! ¡Sólo cinco centavos! ¡Limonada rosa, fresquísima! ¡La vigésima parte de un dólar!

—¿Dónde está el níquel? —le preguntó Frank.

—No me dio un níquel —repuso Almanzo.

—¡Lo ves! —gritó su primo—. ¡Te dije que no te lo daría! ¡Te lo dije!

—Me ha dado medio dólar —dijo Almanzo.

Los chicos no se lo creyeron hasta que él se lo mostró. Luego se agruparon a su alrededor aguardando a ver cómo lo gastaba. Se lo enseñó a todos y se lo volvió a guardar en el bolsillo.

—Voy a dar una vuelta — dijo—, y me compraré un buen lechón.

La banda seguía desfilando por la calle y todos corrieron junto a ella. La bandera ondeaba esplendorosa al frente, luego iban las trompetas resonando, los pífanos resoplando y el tambor repiqueteando sus palillos. Arriba y abajo de la calle marchaba la banda con todos los chicos en pos y luego se detuvo en la Plaza, junto a los cañones de latón.

Allí había centenares de personas agolpándose para ver mejor.

Los cañones se apoyaban en sus cureñas, apuntando hacia el cielo los largos tubos. La banda seguía tocando. Dos hombres gritaban: «¡Atrás! ¡Atrás!» y otros hombres echaban negra pólvora en las bocas de los cañones y la apretujaban con puñados de trapos por medio de largas barras.

Las barras metálicas tenían dos manecillas y dos hombres tiraban y empujaban de ellas impulsando la negra pólvora bajo los tubos de latón.

Luego todos los muchachos corrieron a arrancar hierbas y hierbajos de las vías del tren, los llevaron a brazadas hasta los cañones y los hombres las metieron en las bocas y las empujaron con las largas barras.

Junto a las vías del tren estaba encendida una hoguera en la que se calentaban otras barras de hierro.

Cuando todas las hierbas y hierbajos fueron apretujados contra la pólvora de los cañones, un hombre cogió un poco más de pólvora con la mano y cuidadosamente llenó los dos pequeños oídos de los tubos de los cañones. Entonces todos gritaron:

—¡Atrás, atrás!

Madre cogió a Almanzo del brazo y le obligó a irse con ella.

—¡Vamos, Madre! ¡Sólo están cargados de pólvora y hierbas! —protestó él—. No me pasará nada. Iré con cuidado. ¡De verdad!

Pero ella le obligó a mantenerse apartado.

Dos hombres retiraron las largas barras de hierro del fuego. Todos permanecían inmóviles observando. Los hombres se instalaron lo más lejos posible de los cañones, extendieron las barras y aplicaron sus extremos al rojo vivo a los oídos. Una llamita como la luz de una vela prendió vacilante en la pólvora. Las llamitas siguieron ardiendo mientras todos contenían la respiración. Por fin sonó el estallido.

Los cañones saltaron hacia atrás, el aire se llenó de hierbas y césped. Almanzo corrió con los demás chicos a tocar las bocas calientes de los cañones. Todos se sorprendían del gran estrépito que habían hecho.

—Ése es el ruido que hizo huir a los soldados ingleses —dijo míster Paddock a Padre.

—Tal vez —repuso Padre acariciándose la barba—, pero fueron los mosquetes los que ganaron la revolución. Y no olvides que las hachas y los arados hicieron este país.

—Ciertamente, hay que pensar en ello —repuso míster Paddock.

El Día de la Independencia había concluido. Los cañones habían sido disparados y sólo restaba enganchar los caballos y regresar al hogar para realizar las tareas.

Aquella noche cuando llevaban la leche a casa, Almanzo preguntó a Padre:

—¿Por qué las hachas y los arados hicieron este país? ¿No luchamos contra Inglaterra por ello?

—Luchamos por la independencia, hijo —repuso Padre—, pero toda la tierra que tenían nuestros antepasados era una pequeña franja de terreno, entre las montañas y el océano; el resto, desde aquí al Oeste, era territorio indio y terreno de los españoles, franceses e ingleses. Fueron los granjeros quienes se apoderaron de todo este país y lo convirtieron en América.

—¿Cómo lo hicieron? —preguntó Almanzo.

—Verás, hijo: los españoles eran soldados y caballeros orgullosos que sólo buscaban el oro; los franceses, comerciantes de pieles que deseaban hacer dinero rápidamente, e Inglaterra estaba ocupada en batallas. Pero nosotros éramos granjeros y queríamos la tierra. Fueron los granjeros quienes atravesaron las montañas, despejaron el terreno, lo colonizaron y cultivaron y se establecieron en sus granjas. Este país se extiende ahora tres mil millas al oeste, va más allá de Kansas y del gran Desierto Americano, atravesando montañas mayores que éstas, hasta el océano Pacífico. Es el país más grande del mundo y fueron los granjeros quienes conquistaron el país y lo convirtieron en América, hijo. No lo olvides nunca.

Capítulo Diecisiete

VERANO

Los rayos del sol eran ya más cálidos y todo lo verde crecía rápidamente. El maíz impulsaba sus susurrantes y estrechas hojas hasta la cintura. Padre lo aró de nuevo y Royal y Almanzo volvieron a escardarlo. Y entonces el maíz quedó protegido: había aventajado tanto a las malas hierbas que podía mantenerse en el campo sin necesitar ayuda.

Las densas hileras de patatas casi se tocaban y sus blancas flores se extendían como espuma por el campo. La avena ondeaba gris verdosa y las pequeñas cabezas de trigo lucían toscamente sus jóvenes cáscaras en las que despuntaría el grano. Las praderas estaban densamente salpicadas con las flores moradas preferidas por las abejas.

El trabajo ya no era tan apremiante. A Almanzo le quedaba tiempo para arrancar las hierbas del huerto y escardar los surcos de las plantas de las patatas cuyas semillas había sembrado. Había plantado algunas simientes para ver qué resultaba de ello y cada mañana alimentaba la calabaza que cultivaba para la Feria del Condado.

Padre le había enseñado cómo conseguir que creciera una calabaza con leche. Habían escogido la mejor planta del campo y recortado todas sus ramas menos una y todas las flores amarillas de la calabaza menos una. Luego, entre la raíz y la minúscula y verde calabaza habían practicado cuidadosamente una pequeña incisión en el interior de la planta, bajo la que Almanzo hizo un agujero en la tierra en el que colocó un cuenco de leche. Puso la mecha de una vela en la leche e introdujo cuidadosamente el extremo de la mecha en la hendidura. La calabaza cada día absorbía el cuenco lleno de leche a través de la mecha y la planta crecía enormemente. Ya triplicaba el tamaño de cualquier otra calabaza del campo.

Almanzo también tenía su cerdita. La había comprado con su medio dólar y era tan pequeña que la alimentaba con un trapo empapado en leche. Pero pronto aprendió a beber. La tenía en un establo a la sombra porque los cerdos jóvenes crecen mejor lejos del sol y la alimentaba con todo cuanto podía comer. También ella crecía rápidamente. Incluso Almanzo crecía, aunque no tan de prisa. Bebía toda la leche que podía y en las comidas llenaba tanto su plato que no podía acabarlo. Padre se mostraba muy enojado porque se dejaba la comida y le preguntaba:

—¿Qué sucede, muchacho? Comes más con los ojos que con la boca.

Entonces Almanzo trataba de ingerir un poco más: no le había confesado a nadie que trataba de crecer más deprisa para poder domar potros.

Cada día Padre sacaba a los caballitos de dos años, uno a uno, con una larga cuerda y los adiestraba para que se pusieran en marcha y se detuvieran a su mandato. Los entrenaba para que se acostumbrasen a llevar bridas y arneses y no temieran nada. En breve los engancharía junto con un dócil caballo viejo y les enseñaría a tirar de un carro ligero sin asustarse. Pero ni siquiera permitía a Almanzo entrar en el patio cuando los estaba amaestrando.

El muchacho estaba seguro de que no les asustaría, que no les haría saltar, plantarse ni tratar de desbocarse. Pero Padre no confiaba en un niño de nueve años.

Aquel año Bella tuvo el potrillo más hermoso que Almanzo había visto en su vida. Tenía una estrella absolutamente blanca en la frente y Almanzo lo llamó Estrella Luminosa. Corría por la dehesa con su madre y una vez en que Padre estaba en la ciudad, Almanzo se acercó a verlo.

Bella alzó la cabeza y le observó a medida que se aproximaba y el potrillo corrió tras ella. Almanzo se detuvo y permaneció absolutamente inmóvil. Al cabo de un rato el potrillo le miró furtivamente bajo el cuello de Bella. Almanzo seguía inmóvil. El potro estiró poco a poco el cuello hacia él mirándole con grandes y asombrados ojos. Bella le acarició el lomo y agitó la cola, luego avanzó un paso y mordió una mata de hierba. Estrella Luminosa estaba temblando sin apartar su mirada de Almanzo. Bella les observaba a ambos mascando plácidamente. El potro avanzó un paso y luego otro. Estaba tan cerca de Almanzo que casi hubiera podido tocarlo, pero no lo hizo: siguió sin moverse. Estrella Luminosa se adelantó otro paso, el muchacho incluso contenía la respiración. De pronto el potro dio la vuelta y regresó corriendo con su madre.

Almanzo oyó como le llamaba Eliza Jane.

—¡Manzo!

Su hermana le había visto. Aquella noche se lo dijo a Padre. Almanzo insistió en que no había hecho nada, lo aseguró con ferviente expresión de sinceridad, pero Padre dijo:

—¡Como te vuelva a ver tonteando con ese potro, te zurraré! Vale demasiado para estropearlo y no quiero que le enseñes triquiñuelas que luego tenga que hacerle olvidar.

Los días de verano eran ya largos y cálidos y Madre decía que aquel era un tiempo excelente para que creciesen los cultivos, pero Almanzo sentía que todo crecía menos él. Transcurría día tras día y nada parecía cambiar. El niño escardaba y araba el huerto, ayudaba a reparar las cercas de piedra, cortaba leña y hacía sus tareas. En los cálidos atardeceres, cuando no había gran cosa que hacer, nadaba.

A veces despertaba por la mañana y oía la lluvia repiqueteando en el tejado: aquello significaba que Padre y él podrían ir a pescar.

No se atrevía a hablarle a Padre de ello, porque no estaba bien perder el tiempo holgazaneando. Incluso en los días lluviosos había mucho que hacer. Padre solía remendar arneses, afilar instrumentos o pulir tablones. Almanzo se desayunaba silencioso sabiendo que Padre luchaba contra la tentación. Temía que venciese la conciencia paterna.

—Bueno, ¿qué vas a hacer hoy? —preguntaba Madre.

—Tendría que salir a cultivar las zanahorias y reparar la verja.

—Con esta lluvia te será imposible.

—Sí —respondía Padre.

Después de desayunarse se quedaba viendo caer la lluvia hasta que por fin decía:

—Bueno, llueve demasiado para trabajar afuera. ¿Qué tal si fuésemos a pescar, Almanzo?

Entonces el niño iba corriendo a recoger la azada y una lata y buscaba gusanos para cebo. La lluvia caía sobre su viejo sombrero de paja y corría por sus brazos y espalda y el barro le enfriaba los dedos de los pies. Cuando él y Padre cogían sus cañas y cruzaban la dehesa hasta el río de las Truchas, ya iba empapado.

Nada olía tan bien como la lluvia sobre los tréboles. Nada más agradable que las gotas de agua en el rostro de Almanzo y la húmeda hierba azotando sus piernas, ningún sonido más grato que las gotas tamborileando en los matorrales a lo largo del río de las Truchas y el agua precipitándose por las piedras.

Padre e hijo se deslizaban sigilosos por la orilla, evitando hacer el menor ruido, y echaban sus anzuelos en el agua. Padre se ponía bajo un árbol de cicuta y Almanzo debajo de las ramas de un cedro y veían caer las gotas formando hoyuelos en la superficie de las aguas.

De pronto distinguió un relámpago plateado en el aire: Padre había pescado una trucha que se agitaba y brillaba a través de la lluvia mientras la arrastraba por los aires hasta la orilla cubierta de hierba. Almanzo dio un salto de júbilo y recordó a tiempo que no debía gritar.

Luego sintió un tirón en su cuerda y la punta de la caña se inclinó hasta casi rozar las aguas. Tiró hacia arriba con todas sus fuerzas. Un reluciente y enorme pescado apareció en el extremo de la cuerda, debatiéndose y resbalando en sus manos. Cuando logró sacarlo del anzuelo descubrió que era una trucha moteada, aún mayor que la de Padre. La sostuvo para que él la viera y luego puso otro cebo en su anzuelo y probó suerte de nuevo.

Los peces siempre picaban cuando las gotas de lluvia caían en el río. Padre consiguió otra trucha, luego Almanzo dos más. A continuación, Padre sacó otras dos y Almanzo otra aún mayor que la primera. En poco rato ambos tenían dos ristras de excelentes truchas. Padre admiraba las de Almanzo y él las de Padre mientras regresaban a casa por el campo de tréboles bajo la lluvia.

Estaban calados hasta los huesos y sus pieles despedían vapor. Afuera, bajo la lluvia, junto al tajo de cortar leña, descabezaron a

los pescados, desprendieron sus plateadas escamas y los abrieron y desventraron. El gran cubo de leche estaba lleno de truchas que Madre pasó por harina y frió para cenar.

—Esta tarde Almanzo podría ayudarme a hacer mantequilla —dijo Madre.

Las vacas daban demasiada leche y debía hacerse mantequilla dos veces por semana.

Madre y las niñas estaban cansadas de hacerlo y en los días lluviosos aquella tarea correspondía a Almanzo.

En el encalado sótano, el gran barril de batir la leche se apoyaba en sus patas de madera semilleno de nata. Almanzo giró la manecilla y el batidor osciló. Dentro comenzó a chapotear la nata. Almanzo tenía que mantenerlo oscilando hasta que la crema se convirtiera en granos de mantequilla nadando en suero.

Entonces Almanzo se tomó una jarra del acre y cremoso suero y comió tortitas mientras Madre espumaba la granulosa mantequilla y la colaba en un cuenco redondo de madera. Extraía todos los fragmentos de suero y salaba y empaquetaba la firme y dorada mantequilla en las cubetas destinadas a tal fin.

Pescar no era el único entretenimiento del verano. Alguna tarde de julio Padre decía:

—«Sólo trabajar sin ninguna diversión, hacen de Pedro un simplón». Mañana iremos a recoger bayas.

Almanzo no decía nada, pero en su interior estallaba un grito de júbilo. Antes de amanecer del siguiente día, todos se subían al carro viejo vistiendo sus ropas más usadas, con cubos y cestos y una comida campestre y se adentraban en las montañas próximas al lago Chateaugay, donde crecían distintas variedades de bayas silvestres.

Los bosques estaban llenos de carros y familias que también recogían bayas. Reían y cantaban y entre los árboles podían oírse sus conversaciones. Cada año se encontraban allí con amigos que no veían en otras ocasiones, y todos se afanaban por recoger bayas entre animada cháchara.

Los frondosos matorrales cubrían el suelo en los claros del bosque, entre los árboles. Las moradas bayas se agrupaban densamente bajo las hojas y se percibía un dulzón aroma entre el cálido y tranquilo ambiente soleado.

Los pájaros acudían a regalarse en las zonas de bayas; el aire estaba lleno de confusos aleteos e irritados arrendajos azules vola-

ban picoteando las cabezas de los recogedores. En una ocasión, dos de aquellas aves atacaron el sombrero de Alice y Almanzo tuvo que despedirlas; otra vez en que estaba recogiendo solo, se encontró con un oso negro tras un cedro.

El animal se apoyaba sobre sus patas traseras y se llenaba la boca de bayas con sus peludas patas. Almanzo se quedó como petrificado y también el oso. El muchacho lo miraba y el animal le devolvía la mirada con sus pequeños y asustados ojos sobre sus inmóviles zarpas. Luego el oso se puso de cuatro patas y se perdió rápidamente de vista entre los bosques.

A mediodía abrían las cestas de comida junto a la fuente y a su alrededor, a la fresca sombra, la gente comía y charlaba. Luego bebían en la fuente y regresaban a los claros donde se encontraban las bayas.

Durante los siguientes días, Madre y las niñas hacían confituras, mermeladas y conservas y en cada comida había un pastel o tarta de bayas.

Una noche, mientras cenaban, Padre dijo:

—Es hora de que Madre y yo nos tomemos unas vacaciones. Pensamos pasar una semana en casa de tío Andrew. ¿Podréis ocuparos de todo y comportaros debidamente mientras estemos fuera?

—Estoy segura de que Eliza Jane y Royal podrán encargarse de la casa durante una semana —intervino Madre—, contando con la ayuda de Alice y Almanzo.

Almanzo miró a Alice, ambos miraron a Eliza Jane y todos miraron a Padre y dijeron:

—Sí, Padre.

Capítulo Dieciocho

CUIDAR DE LA CASA

Tío Andrew vivía a diez millas de distancia. Durante una semana, Padre y Madre efectuaron los preparativos para su marcha pensando constantemente en las cosas que deberían hacerse mientras estuvieran ausentes.

Cuando subía a la calesa, Madre aún seguía diciendo:

—No olvidéis recoger los huevos cada día. Y cuento contigo, Eliza Jane, para que te cuides de hacer mantequilla. No la sales demasiado, guárdala en la tina pequeña y asegúrate de taparla. Recordad que no debéis tocar las habichuelas y guisantes que guardo para simiente. Portaos bien mientras estemos fuera...

Recogió su miriñaque bajo el asiento y el guardafangos. Padre extendía la manta de viaje.

—...y tened cuidado, Eliza Jane. Precaución con los fuegos: no os vayáis de la casa mientras haya fuego en la cocina y no os peleéis con las velas encendidas. Hagáis lo que hagáis...

Padre tensó las riendas y los caballos se pusieron en marcha.

—¡...no os comáis todo el azúcar! —gritó por último.

La calesa giró y se internó en la carretera. Los caballos comenzaron a trotar llevándose rápidamente a Padre y Madre. Al cabo de unos momentos dejó de oírse el traqueteo de las ruedas: sus padres se habían marchado.

Nadie dijo nada. Incluso Eliza Jane parecía un poco asustada. La casa, los establos y los campos se veían muy grandes y vacíos. Durante toda una semana Padre y Madre estarían a diez millas de distancia.

De pronto Almanzo lanzó su sombrero al aire y gritó. Alice también gritó llena de alegría.

—¿Qué haremos primero?

Podían hacer lo que quisieran: nadie se lo prohibiría.

—Lavaremos los platos y haremos las camas —dijo Eliza Jane con su habitual tono de mando.

—¡Hagamos helados! —propuso Royal.

A Eliza Jane le encantaban los helados. Dudó un instante y comenzó a decir:

—Bien...

Almanzo corrió a la heladera. Sacaron un bloque de hielo del serrín y lo metieron en un saco de grano. Dejaron el saco en el porche posterior y lo golpearon con hachas hasta que el hielo se desmenuzó. Alice salía a observarlos mientras batía claras de huevo en un plato, con un tenedor, hasta que estuvieron tan densas que no se deslizaban al inclinar el plato.

Eliza Jane midió leche y nata y cogió azúcar del barril de la despensa. No era azúcar de arce, sino blanco, comprado en el almacén. Madre sólo lo utilizaba cuando venían invitados. Eliza Jane echó seis tazas llenas, luego alisó el resto y apenas se advertía la falta.

Llenó un gran cubo de doradas y amarillas natillas. Colocaron el cubo en una tina, apretujaron el fragante y níveo hielo alrededor con sal y lo cubrieron todo con una manta. De vez en cuando retiraban la manta, descubrían el cubo y removían la crema que se estaba helando.

Cuando estuvo helado, Alice dispuso platitos y cucharas y Almanzo sacó un pastel y con un cuchillo de carne cortó enormes pedazos mientras Eliza Jane colmaba de helado los platitos: podían comer todo el helado y pastel que quisieran: nadie se lo prohibiría.

A mediodía se habían acabado el pastel y casi todo el helado. Eliza Jane dijo que era hora de comer, pero nadie tenía apetito.

—Lo único que quiero es sandía —dijo Almanzo.

—¡Magnífico! —exclamó Alice poniéndose en pie de un salto—.

—¡Vamos a buscar una!

—¡Alice! —exclamó Eliza Jane— ¡Ven enseguida a lavar los platos del almuerzo!

—Lo haré cuando regrese —repuso la muchacha.

Almanzo y Alice fueron al campo donde las sandías yacían sobre sus agostadas y lisas hojas. Almanzo daba golpecitos con el dedo contra las verdes cortezas y escuchaba: si una sandía suena a madura, está madura, y si suena a verde, está verde. Pero cuando Almanzo decía que una sandía sonaba a madura, Alice creía que sonaba a verde. Realmente no había ningún modo de saberlo, aunque Almanzo estaba seguro de saber más de sandías que ninguna chica. De modo que, por fin, recogieron seis de las mayores y las arrastraron una tras otra a la heladera guardándolas entre el húmedo y frío serrín.

Entonces Alice fue a lavar los platos. Por su parte, Almanzo, dijo que no iba a hacer nada, que tal vez se iría a nadar. Pero en cuanto Alice se perdió de vista, se deslizó por los establos y se introdujo en la dehesa donde estaban los potros. La dehesa era grande y el sol calentaba mucho. El aire rielaba y vibraba de calor y diminutos insectos hacían ruidos estridentes. Bess y Bella yacían a la sombra de un árbol y cerca de ellas los potrillos agitaban sus pequeñas y peludas colas y se sostenían torpemente en sus largas y vacilantes patas. Los primales, los de dos años y los de tres estaban pastando. Todos alzaron sus cabezas y miraron a Almanzo, que avanzó lentamente hacia ellos con la mano tendida. La mano estaba vacía, pero ellos lo ignoraban. No pretendía hacerles nada, sólo quería acercarse para acariciarlos. Estrella Luminosa y otro potrillo corrieron vacilantes hacia sus madres y Bess y Bella alzaron las cabezas y le miraron. Luego volvieron a inclinarlas. Los grandes potros irguieron las orejas.

Un potro grande se adelantó hasta Almanzo y luego otro. Los seis potros mayores se aproximaron al muchacho. Almanzo hubiera querido tener zanahorias para darles. ¡Eran tan hermosos, libres y grandes, agitando sus crines y luciendo el blanco de los ojos! La luz del sol se reflejaba en sus fuertes y arqueados cuellos y en sus músculos pectorales. De pronto, uno de ellos relinchó.

Otro dio una coz, otro chilló y, de repente, todos alzaron las cabezas, irguieron las colas y sus cascos atronaron en el aire volviendo hacia Almanzo las ancas tostadas y las altas y negras colas. Como en estrepitoso remolino los seis potros rodearon el árbol y Almanzo les oyó correr en pos suyo.

Giró en redondo y vio como se dirigían hacia él con sus resonantes cascos y enormes pechos. Corrían demasiado para poder detenerse: no tenía tiempo de apartarse de su camino. Cerró los ojos y gritó: «¡So!»

El aire y el suelo se agitaron. Abrió los ojos y vio sus rodillas tostadas alzándose en el aire y un vientre redondo y patas traseras saltando sobre su cabeza.

Los flancos de los animales pasaban junto a él como relámpagos. Su sombrero voló por los aires. Se quedó paralizado: uno de los potros de tres años había saltado por encima de él. Los animales cruzaban tonantes la dehesa. En aquel momento vio llegar a Royal.

—¡Deja a esos animales! —gritó su hermano.

Se adelantó hacia él y le dijo que con gusto le daría una paliza que jamás olvidaría.

—¿No tienes nada mejor que hacer que tontear con los potros? —añadió Royal.

Le cogió por la oreja y lo arrastró. Almanzo corría, pero Royal le conducía hacia los establos. Aunque insistía en que no había hecho nada, Royal no le escuchaba.

—¡Como vuelva a verte por la dehesa, te zurraré la badana! —dijo—. Y también se lo diré a Padre.

Almanzo se fue frotándose la oreja. Marchó al río de las Truchas y estuvo nadando en el remanso hasta sentirse mejor. Pero pensaba que era injusto ser el menor de la familia.

Aquella tarde las sandías estaban frías y Almanzo las llevó al césped, bajo el abeto del patio. Royal hundió el cuchillo en las verdes cortezas empapadas en rocío y estaban tan maduras que se abrieron crujientes.

Almanzo, Alice, Eliza Jane y Royal comieron las sabrosas y frías lonchas hasta saciarse. Almanzo echaba a Eliza Jane las semillas brillantes y negras hasta que ella le hizo parar. Luego apuró lentamente la última loncha de sandía y dijo:

—Voy a buscar a Lucy para que se coma las cáscaras.

—¡No harás semejante cosa! —protestó Eliza Jane—. ¡Vaya ocurrencia! ¡Traer a esa cerda sucia y vieja al patio principal!

—¡No es una cerda vieja ni sucia! —protestó Almanzo—. Lucy es una cerdita joven y limpia y los cerdos son los animales más pulcros que existen. Deberías ver cómo mantiene limpio su lecho y lo remueve, ventila y lo hace cada día. Los caballos no hacen eso, ni las vacas, ni las ovejas ni ningún otro animal. Los cerdos...

—Sé todo eso. Creo saber tanto de cerdos como tú —exclamó Eliza Jane.

—Entonces no digas que Lucy es sucia: es tan limpia como puedas serlo tú.

—Bueno; Madre dijo que me obedecieras —repuso ella—. Y no pienso echar a perder las cortezas de la sandía en ningún cerdo. Me propongo hacer conservas con ellas.

—Supongo que aquí hay tantas cortezas mías como tuyas... — comenzó Almanzo.

Pero Royal le interrumpió diciéndole:

—¡Vamos, Manzo, es hora de trabajar!

El muchacho guardó silencio, pero cuando concluyeron sus tareas, soltó a Lucy de su porqueriza. La cerdita era tan blanca como un cordero y quería mucho a Almanzo. Su rabito rizado vibraba siempre que le veía. Le siguió hasta la casa gruñendo satisfecha y le estuvo saludando con gruñidos en la puerta hasta que Eliza Jane dijo que no la soportaba más.

Después de cenar Almanzo cogió un plato de cáscaras y se las dio a Lucy. Se sentó en los peldaños del porche de atrás y le rascó el lomo. A los cerdos eso les gusta mucho. Eliza Jane y Royal estaban discutiendo acerca de caramelos: Royal los quería, pero Eliza Jane decía que los caramelos sólo eran adecuados para las noches de invierno. Royal manifestó que no comprendía por qué los caramelos no podían ser igual de buenos en verano. Almanzo también lo creía así y entró para apoyar a Royal.

Alice dijo que ella sabía cómo se hacían los caramelos. Eliza Jane no quería hacerlos, pero Alice mezcló azúcar, melaza y agua y los coció; luego vertió el caramelo en platos engrasados de mantequilla y los dejó en el porche para que se enfriasen. Todos ellos se subieron las mangas y se untaron las manos con mantequilla disponiéndose a cogerlo, incluso Eliza Jane.

Lucy había estado llamando a Almanzo constantemente. El muchacho salió a ver si el caramelo se había enfriado bastante y pensó que su cerdita podía disfrutar de un poco de caramelo. Ya estaba frío y nadie le veía. De modo que cogió un buen pellizco de la suave y tostada pasta y la dejó caer desde el borde del porche en la boca abierta de Lucy.

Luego todos cogieron caramelo. Lo arrancaban en largas hebras que doblaban y volvían a estirar. Cada vez que lo doblaban y cogían, daban un bocado.

Era muy pegajoso, se les enganchaba en los dientes, en los dedos y el rostro.

De algún modo también se les pegó en los cabellos y a Almanzo se le cayó un poco en el suelo y allí quedó enganchado. Debería haberse vuelto duro y quebradizo, pero no fue así. Tiraron y tiraron y seguía estando blando y pegajoso. Mucho después de la hora de acostarse renunciaron y se fueron a la cama.

A la mañana siguiente, cuando Almanzo emprendió sus quehaceres, Lucy estaba esperándole en el patio. Su cola pendía inerte y tenía la cabeza inclinada. No gritó al verlo. Movía tristemente la cabeza y arrugaba el morro.

En el lugar donde debían estar sus blancos dientes se distinguía una franja lisa y oscura. Se le habían pegado los dientes con caramelo y no podía comer, beber, ni siquiera chillar. Ni tampoco gruñir. Y cuando vio llegar a Almanzo, echó a correr.

Almanzo llamó a gritos a Royal. Persiguieron a Lucy por toda la casa, bajo los arbustos de bolas de nieve y las lilas y siguieron persiguiéndola por el huerto. Lucy giraba rápida zafándose de ellos y esquivándoles y corría como un rayo. En ningún momento llegó a proferir sonido alguno: no podía. Tenía la boca llena de caramelo.

Corrió entre las piernas de Royal y lo derribó. Almanzo estuvo a punto de cogerla y cayó de bruces. Salió disparada entre los guisantes, aplastó los tomates maduros y arrancó las verdes y redondas coles. Eliza Jane decía a Royal y a Almanzo que la cogieran. Alice también corrió tras ella.

Por fin la arrinconaron. Se precipitó en torno a las faldas de Alice. Almanzo se tiró sobre ella y la agarró. Lucy se debatió y le hizo un desgarrón en la parte delantera de la blusa.

Almanzo la inmovilizó en el suelo. Alice la asió por las patas traseras. Royal la obligó a abrir la boca y le limpió el caramelo. ¡Cómo chilló entonces! Chilló todo cuanto había estado conteniéndose aquella noche. Profirió todos los gritos que había retenido mientras la perseguían y siguió chillando hasta que la encerraron en su porqueriza.

—¡Almanzo James Wilder, fíjate como vas! —le regañó Eliza Jane.

Pero Almanzo no podía ni quería verlo.

Incluso Alice estaba horrorizada de que hubiera desperdiciado caramelo con un cerdo. Y tenía la blusa destrozada; podían remendarla, pero el arreglo se notaría.

—No me importa —repuso Almanzo.

Le confortaba pensar que Madre aún tardaría una semana en enterarse.

Aquel día volvieron a hacer helado de crema y comieron el último bizcocho. Alice dijo que sabía hacer *pound cake*, que haría uno y que iría a sentarse en el gabinete.

Almanzo pensó que aquello no le parecía divertido, pero Eliza Jane objetó:

—No harás tal cosa, Alice. Sabes perfectamente que el gabinete es sólo para las visitas.

No era el gabinete de Eliza Jane y Madre no había dicho que ella no pudiera sentarse allí. Almanzo pensó que Alice podía sentarse si quería.

Aquella tarde entró en la cocina para ver si estaba hecho el *pound cake*. Alice lo sacaba entonces del horno. Olía tan bien que pellizcó un pedacito de una esquina. Entonces Alice cortó un trozo para disimular el pellizco y ambos se comieron otros dos pedazos con el resto del helado.

—Puedo hacer más helado —dijo Alice.

Eliza Jane estaba arriba.

—Vamos al gabinete —propuso Almanzo.

Entraron sigilosamente, procurando no hacer ruido. Apenas había luz porque las persianas estaban bajadas, pero era una hermosa estancia. El empapelado blanco y dorado de las paredes y la alfombra primorosamente tejida por Madre casi resultaba demasiado delicada para pisarla. La parte superior de la mesita de centro era de mármol y sobre ella se encontraba la alta luz del gabinete, de porcelana china, blanca y dorada, con rosas pintadas. Junto a ella estaba el álbum de fotografías con tapas de rojo terciopelo y madreperla. En torno a las paredes se apoyaban las sillas tapizadas y entre las ventanas dominaba solemne la estancia el retrato de George Washington. Alice echó atrás su miriñaque y se sentó en el sofá, la resbaladiza crinolina la hacía deslizarse hacia el suelo. No se atrevía a reírse por temor a que Eliza Jane la oyese. Se sentó de nuevo y volvió a deslizarse. Entonces Almanzo, a su vez, se dejó resbalar por la silla.

Cuando venían visitas y tenían que sentarse en el gabinete, se sostenían en las escurridizas sillas apoyando los pies contra el suelo, pero ahora podían dejarse ir y resbalar. Estuvieron deslizándose por el sofá y las sillas hasta que Alice se rió tan ruidosamente que decidieron desistir de ello.

Entonces miraron las conchas, corales y figuritas de porcelana de la rinconera. No tocaron nada: se limitaron a mirar hasta que oyeron que Eliza Jane bajaba la escalera. Salieron de puntillas y cerraron la puerta sin hacer ruido de modo que su hermana no les descubrió.

Parecía que una semana duraría eternamente, pero transcurrió de repente. Una mañana, cuando se desayunaban, Eliza Jane dijo:

—Padre y Madre llegarán mañana.

Todos dejaron de comer. El huerto no había sido escardado, no habían recogido las habichuelas ni los guisantes y las cepas estaban madurando demasiado deprisa y el gallinero no había sido encalado.

—¡Esta casa es un desastre! —exclamó Eliza Jane—. ¡Y hoy

debemos hacer mantequilla! ¿Y qué voy a decirle a Madre? ¡Ha desaparecido todo el azúcar!

Nadie siguió comiendo. Examinaron el barril de azúcar y se distinguía el fondo.

Alice trató de mostrarse optimista.

—¡Debemos confiar en que suceda lo mejor! —dijo al igual que hacía Madre—. Aún queda *algo* de azúcar. Madre dijo «no os comáis *todo* el azúcar». Y no lo hemos hecho: queda un poco por los bordes.

Aquel fue sólo el inicio de un espantoso día. Se pusieron todos a trabajar con el mayor entusiasmo posible. Royal y Almanzo sacharon el huerto, encalaron el gallinero, limpiaron los establos de las vacas y barrieron la Era del Establo Sur, y las chicas barrieron y fregaron la casa. Eliza Jane encargó a Almanzo que batiera la leche hasta que se hizo la mantequilla y luego sus manos volaron lavándola, salándola y metiéndola en los botes. Para comer sólo había pan, mantequilla y tocino, aunque Almanzo estaba muerto de hambre.

—Ahora pulirás la estufa, Almanzo — dijo Eliza Jane.

Odiaba pulir la estufa, pero confiaba que su hermana no dijera que había desperdiciado caramelo con el cerdo. Se dedicó a dar betún y a cepillar la estufa. Eliza Jane le apremiaba refunfuñando constantemente.

—¡Ten cuidado no se te caiga el betún! —decía sacando afanosa el polvo.

Almanzo pensó que sabía perfectamente que no debía caérsele el betún de la estufa, pero no respondió.

—Usa menos agua y frota más fuerte, por favor.

Almanzo seguía sin decir nada.

Eliza Jane entró en el gabinete para sacar el polvo.

—¿Aún no has acabado con esa estufa, Almanzo? —exclamó.

—No —repuso su hermano.

—¡No pierdas tiempo, por Dios!

—¡Qué mandona eres! —murmuró Almanzo.

—¿Qué has dicho? —se escandalizó su hermana.

—Nada —repuso Almanzo.

Eliza Jane apareció en la puerta.

—¡Has dicho algo!

Almanzo se irguió y gritó:

—¡He dicho que eres una mandona!

Eliza Jane se quedó boquiabierta. Luego gritó:

—¡Ya verás, Almanzo James Wilder, ya verás cuando le diga a Madre..!

Almanzo no pretendía echarle el cepillo de betún, pero se le escapó de la mano, pasó rozando la cabeza de su hermana y se estrelló contra la pared del gabinete.

Una gran mancha negra apareció en el empapelado blanco y dorado. Alice dio un grito. Almanzo se volvió en redondo y corrió como enloquecido hacia el establo. Se subió al henil y se encogió entre el heno. No lloró, pero si no hubiese tenido casi diez años sí lo hubiera hecho.

Madre regresaría a casa y descubriría que había estropeado su hermoso gabinete y Padre se lo llevaría a la leñera y le azotaría con el látigo de cuero trenzado. No saldría jamás de aquel montón de heno. ¡Ojalá pudiera quedarse allí para siempre!

Al cabo de mucho rato entró Royal en el henil y le llamó. Se asomó entre el heno y comprendió que su hermano lo sabía.

—¡Chico, vas a recibir una tunda terrible! —le dijo Royal.

Royal estaba apenado, pero no podía hacer nada. Ambos sabían que Almanzo se merecía la paliza y no había modo de evitar que Padre se enterase de ello.

—No me importa —repuso Almanzo.

Ayudó en las tareas y cenó. No tenía apetito, pero comió para demostrarle a Eliza Jane que no estaba preocupado. Luego fue a acostarse. La puerta del gabinete estaba cerrada, mas sabía que en la pared blanca y dorada había una mancha negra.

Al día siguiente Padre y Madre entraban en el patio. Almanzo tuvo que acudir a recibirlos con los demás. Alice le susurró:

—No temas, quizás no les importe.

Pero también parecía preocupada.

—¡Bien, aquí estamos! —dijo Padre alegremente—. ¿Os habéis portado bien?

—Sí, Padre —repuso Royal.

Almanzo se quedó en casa, no ayudó a desenganchar los caballos. Madre se apresuraba a inspeccionarlo todo mientras soltaba las cintas de su sombrero.

—Confieso que habéis conservado la casa tan bien como lo hubiese hecho yo misma, Eliza Jane y Alice —dijo.

—Madre... —comenzó Alice con un hilo de voz—. Madre...

—¿Qué hay, hija?

—Madre —prosiguió Alice con decisión—. Nos dijiste que no nos comiéramos todo el azúcar. Nos lo hemos comido casi todo.

Madre se echó a reír.

—Habéis sido tan buenos —dijo—, que no os reñiré por el azúcar.

No sabía que en la pared del gabinete había una mancha negra. La puerta estaba cerrada. No lo supo aquel día ni al siguiente. Almanzo apenas lograba engullir bocado durante las comidas y Madre estaba preocupada. Se lo llevó a la despensa y le obligó a ingerir una gran cucharada de una horrible medicina negra que ella misma elaboraba a base de raíces y hierbas.

Por una parte Almanzo no quería que ella se enterase de lo sucedido y sin embargo hubiese preferido que ya lo supiera. Cuando se hubiera superado lo peor, dejaría de temerlo.

Aquella segunda velada oyeron llegar una calesa al patio. Venían los señores Webb. Padre y Madre salieron a recibirlos y al cabo de un momento entraban en el comedor. Almanzo oyó decir a Madre:

—¡Vamos al gabinete!

No podía moverse ni hablar. ¡Aquello era peor de lo que hubiera podido imaginar! ¡Madre estaba tan orgullosa de su hermoso gabinete! ¡Se sentía tan satisfecha de mantenerlo siempre perfectamente! Ignoraba que él lo había estropeado, llevaría allí a las visitas y entonces verían la horrible mancha negra en la pared.

Madre abrió la puerta de la estancia y entraron todos, mistress Webb en primer lugar y seguidamente míster Webb y Padre. Almanzo sólo les veía de espaldas, pero oyó cómo subían las persianas y vio el gabinete llenándose de luz. Le pareció que transcurría mucho tiempo hasta que alguien hizo algún comentario.

—¡Tiene un gabinete precioso! ¡Confieso que es casi demasiado delicado para sentarse en él!

En aquellos momentos Almanzo podía distinguir el lugar donde el cepillo golpeara la pared y no daba crédito a sus ojos: el empapelado estaba totalmente blanco y dorado. No se veía ninguna mancha negra.

—Entra, Almanzo —dijo su madre al verlo.

Almanzo entró, se sentó erguido en una de las sillas tapizadas y apoyó los pies en el suelo para no resbalar. Padre y Madre hablaban de su visita a tío Andrew. No había ninguna mancha negra en ningún lugar de la pared.

—¿No le preocupaba dejar a los niños solos e ir tan lejos? —preguntó mistress Webb.

—No —repuso orgullosa Madre—. Sabía que los niños cuidarían de todo tan bien como si James y yo estuviéramos en casa.

Almanzo se comportó debidamente y no dijo palabra.

Al día siguiente, cuando nadie le veía, entró sigilosamente en el gabinete.

Examinó cuidadosamente el lugar donde estuviera la negra mancha. El empapelado había sido restaurado, alguien había recortado cuidadosamente el parche siguiendo las volutas doradas y el dibujo ajustaba a la perfección. Los bordes raspados del parche eran tan tenues que apenas se distinguían.

Aguardó hasta que pudo hablar con Eliza Jane a solas y le preguntó:

—¿Arreglaste el empapelado por mí, Eliza Jane?

—Sí —repuso ella—. Busqué los restos de papel que guardábamos en el ático, recorté el trozo y lo puse con pasta de harina.

—Siento haberte tirado aquel cepillo —dijo Almanzo quedamente—. Sinceramente, no tenía tal intención.

—Creo que yo estuve algo irritante —repuso ella—. Pero no pretendía serlo. Eres el único hermanito que tengo.

Almanzo jamás había comprendido hasta entonces cuánto quería a Eliza Jane.

Jamás mencionaron la negra mancha de la pared del gabinete y Madre nunca se enteró de lo sucedido.

Capítulo Diecinueve

COSECHA TEMPRANA

Ya había llegado el momento de recoger el heno. Padre sacó las hoces y Almanzo hacía girar la muela con una mano y vertía un chorrito de agua en ella con la otra mientras Padre sostenía los bordes de acero delicadamente contra la piedra giratoria. El agua evitaba que las hoces se calentasen demasiado mientras la piedra afilaba y afinaba sus filos.

Luego Almanzo fue por el bosque a la cabaña de los franceses para pedirles que Joe y John acudiesen a la mañana siguiente a trabajar.

En cuanto el sol secó el rocío en las praderas, Padre, Joe y John comenzaron a segar el heno. Marchaban uno junto al otro, haciendo oscilar sus hoces en las altas hierbas y los plumosos tallos de alfalfa caían en grandes ringleras.

Zis, zas, iban y venían las hoces mientras Almanzo, Pierre y Louis seguían tras ellos extendiendo las densas ringleras con las horcas de modo que pudieran secarse uniformemente al sol. Los rastrojos eran suaves y frescos bajo sus pies descalzos, los pájaros volaban ante los segadores. De vez en cuando surgía saltando un conejo y se perdía a lo lejos. En el aire resonaba el canto de las alondras.

El sol cada vez daba un calor más intenso. El olor a heno se hacía más denso y dulce. Luego oleadas de calor comenzaron a remontarse del suelo. Los bronceados brazos de Almanzo se tostaron aún más y el sudor perló su frente. Los hombres se detuvieron a cubrir las copas de sus sombreros con hojas verdes y lo mismo hicieron los muchachos. Durante un rato las hojas les refrescaron las cabezas.

A media mañana Madre hizo sonar el cuerno de la comida. Almanzo comprendió lo que aquello significaba. Hundió su horca en el suelo y marchó corriendo y saltando por la pradera en dirección a casa. Madre le esperaba en el porche de atrás con el cubo de leche rebosante de ponche fresco de huevo.

El ponche de huevo estaba hecho de leche y nata con muchos huevos y azúcar. La espumosa parte superior estaba salpicada de especias y flotaban en él pedazos de hielo. Los costados del cubo estaban humedecidos por el frío.

Almanzo avanzó lentamente hacia el campo de heno con el pesado cubo y un cucharón. Se decía a sí mismo que el cubo estaba demasiado lleno y que podía vertérsele parte de su contenido. Madre decía que tirar era pecado; estaba seguro que sería pecado desperdiciar una gota de aquel ponche. Debía hacer algo para salvarlo. Dejó el cubo en el suelo, sumergió el cucharón y bebió. El fresco ponche se deslizó suavemente por su garganta y le refrescó interiormente.

Cuando llegó al henar, todos dejaron de trabajar, se pusieron a la sombra de un roble, echaron atrás sus sombreros y se pasaron el cucharón de mano en mano hasta que el ponche estuvo agotado.

Almanzo se tomó la parte que le correspondía. La brisa parecía más fresca y Perezoso John, enjugándose la espuma del bigote, exclamó:

—¡Ah, esto da nuevos ánimos!

Entonces los hombres afilaron sus hoces, las hojas de acero resonaron alegremente contra las piedras de afilar, y regresaron a su trabajo con entusiasmo. Padre solía afirmar que los hombres trabajan más en un día cuando descansan y beben todo el ponche que quieren por la mañana y por la tarde.

Todos trabajaron en el henar mientras hubo bastante luz para verse y las tareas se hicieron a la luz de la linterna.

A la mañana siguiente las ringleras se habían secado y los muchachos las rastrillaron en hileras con grandes y ligeros rastrillos de madera fabricados por Padre. Joe y John siguieron segando y

Pierre y Louis extendieron las hileras tras ellos, pero Almanzo trabajó en el pajar.

Padre lo transportaba desde los establos y él y Royal metían las hileras mientras Almanzo las pisoteaba apretujándolas. Corría arriba y abajo sobre el perfumado heno, apretándolo con tanta rapidez como Padre y Royal lo metían en el pajar.

Cuando ya no cabía más se encontró por los aires, en lo alto de la carga. Allí se tendió de bruces pateando con los tacones mientras Padre regresaba al Gran Establo. La carga de heno apenas podía pasar por el dintel de la alta puerta y gran parte resbaló hasta el suelo.

Padre y Royal metieron el heno en el henil mientras Almanzo iba al pozo con el jarro de agua. Bombeó y corrió a coger el chorro de agua fría en el hueco de la mano para beber. Llevó agua a Padre y a Royal y llenó de nuevo la jarra. Luego regresó al vacío pajar y pisoteó otra carga.

A Almanzo le gustaba la época de siega. Cada día, desde el amanecer hasta mucho después de haber oscurecido, estaba ocupado haciendo siempre cosas distintas. Era como si estuviera jugando. Y mañana y tarde disfrutaba del fresco ponche. Pero al cabo de tres semanas de almacenar heno todos los heniles estuvieron atestados y las praderas vacías. Entonces llegaron las prisas de la recolección.

La avena estaba en sazón, enhiesta en altas y amarillas espigas. El trigo era dorado, más oscuro que la avena. Las habichuelas estaban maduras y las calabazas y zanahorias, nabos y patatas a punto de ser recogidas.

Ahora nadie podía permitirse juegos ni descansos. Todos trabajaban a la luz de las velas desde antes de amanecer hasta cuando ya había oscurecido. Madre y las niñas hacían conservas de pepino, tomate verde y sandía. Secaban trigo y manzanas y hacían confituras. Todo debía guardarse para que no se desperdiciara la prodigalidad del verano. Incluso guardaban el corazón de las manzanas para hacer vinagre y empapaban un manojo de tallos de avena en el porche posterior y cuando Madre tenía un momento libre trenzaba algunas pulgadas para hacer sus sombreros el próximo verano.

La avena no se cortaba con hoces sino con guadañas-agavilladoras que tenían hojas como las hoces, pero asimismo largos dientes de madera que recogían los tallos cortados y los retenían. Cuando habían cortado bastantes para formar un haz, John y Joe los soltaban en montones ordenados. Padre, Royal y Almanzo iban en pos de ellos y los ataban en gavillas.

Almanzo era la primera vez que ataba avena. Padre le mostró como juntar dos puñados de tallos con una larga cinta y luego recoger una brazada de grano, ceñir la cinta en el centro, unir sus extremos retorcidos y apretarlos fuertemente.

Al cabo de unos momentos sabía atar las gavillas bastante bien, pero sin ir demasiado deprisa. Padre y Royal las ataban con tanta rapidez como los segadores las recogían. Poco antes de la puesta de sol los segadores interrumpieron su trabajo y todos se dedicaron a sacudir las gavillas. Las avenas cortadas debían ser sacudidas antes de que anocheciera porque podían estropearse si permanecían en el suelo con el rocío nocturno.

Almanzo podía agitar la avena tan bien como cualquiera. Levantó diez gavillas sobre la punta de sus tallos con las cabezas de grano en lo alto, luego sujetó encima otras dos gavillas y extendió sus tallos para formar un techo sobre las diez gavillas. Los tresnales parecían tiendas indias diseminadas por el campo de descoloridos rastrojos.

El campo de trigo aguardaba: no había tiempo que perder. En cuanto la avena estuvo en tresnales todos se apresuraron a soltar, atar y agitar el trigo. Resultaba más difícil de manejar porque era más pesado que la avena, pero Almanzo se esforzó denodadamente. Luego estaba el campo de avena con guisantes del Canadá; las plantas de guisantes se habían enredado en la avena de modo que no podían ser hacinadas. Almanzo las rastrilló en largas hileras.

Ya era tiempo cumplido de arrancar las habichuelas secas. El muchacho tuvo que ayudarles. Padre acarreó los rodrigones al campo y los puso de pie clavándolos en el suelo con un mazo. Luego Padre y Royal transportaron el grano agitado a los establos mientras Almanzo y Alice arrancaban las judías.

Primero pusieron piedras alrededor de los rodrigones para mantener las judías fuera del suelo. Luego las arrancaron con ambas manos tirando hasta que no podían sostener más. Las llevaban a los rodrigones y tendían raíces contra ellas extendiendo las largas cepas sobre las piedras.

Capa tras capa de habichuelas se amontonaron en torno a cada rodrigón. Las raíces eran mayores que las plantas, de modo que el montón se hacía cada vez mayor en el centro. Las enmarañadas cepas llenas de ruidosas vainas colgaban por todo su alrededor.

Cuando las raíces se amontonaron hasta lo alto de los rodrigones, Almanzo y Alice tendieron cepas en lo alto formando una especie de techado para protegerlo de la lluvia. En cuanto quedaba concluido un amontonamiento, comenzaban con otro. Los rodrigones eran tan altos como Almanzo y las cepas se mantenían alrededor como el miriñaque de Alice.

Un día cuando Almanzo y Alice iban a comer se encontraron al comprador de mantequilla. Cada año venía de la ciudad de Nueva York. Vestía elegantemente, llevaba reloj de oro y cadena y conducía un buen tronco de caballos. Todos sipatizaban con él y animaba con su presencia la hora de la comida. Traía todas las noticias de política, modas y precios de la ciudad. Después de comer Almanzo regresó a trabajar, pero Alicia se quedó para ver cómo vendía Madre la mantequilla.

El comprador bajó al sótano donde se encontraban las tinas de mantequilla cubiertas con paños blancos. Madre los retiró y el hombre introdujo un largo instrumento de comprobación hasta el fondo de cada tina de mantequilla. El instrumento era hueco, con una hendidura a un lado, y cuando el hombre lo retiraba se llevaba consigo una muestra alargada de mantequilla. Madre no se molestó en regatear.

—Mi mantequilla habla por sí sola —dijo orgullosa.

En ninguna muestra de todas las tinas halló el comprador mácula. De arriba abajo todos los recipientes contenían un producto igualmente dorado, firme y dulce.

Almanzo vio como se marchaba el comprador de mantequilla y Alice llegó saltando al campo de habichuelas agitando el sombrero por las cintas.

—¡Adivina qué ha dicho! —exclamó.

—¿Qué? —preguntó Almanzo.

—Que la mantequilla de Madre es la mejor que ha visto en su vida y le pagó... ¡Adivina qué le pagó! ¡Cincuenta centavos la libra!

Almanzo estaba sorprendido. ¡Jamás se había pagado la mantequilla a semejante precio!

—Madre tiene quinientas libras —exclamó Alice—, eso hace doscientos cincuenta dólares. Le pagó todo ese dinero y ahora mismo está enganchando los caballos para llevárselo al banco.

Al cabo de unos momentos Madre marchaba con uno de sus mejores sombreros y su traje de bombasí. Iba a la ciudad por la tarde en un día laborable y en época de cosecha. Nunca había hecho algo semejante, pero Padre estaba ocupado trabajando en los campos y ella no quería tener ese dinero en casa toda la noche.

Almanzo se sentía orgulloso de su madre: probablemente era la mejor fabricante de mantequilla de todo el estado de Nueva York. La gente de la ciudad comería aquella mantequilla y unos a otros se dirían cuán buena era y se preguntarían quién la hacía.

CAPÍTULO VEINTE

COSECHA TARDÍA

La luna llena aparecía redonda y amarilla sobre los campos y corría un aire fresco y helado. Todo el grano había sido cortado y conservado en altos tresnales. La luz de la luna proyectaba negras sombras en la tierra, donde las calabazas yacían indefensas sobre sus hojas marchitas.

La calabaza de Almanzo alimentada con leche era enorme. El muchacho la cortó cuidadosamente de su mata, pero no pudo levantarla, ni siquiera logró hacerla rodar. Padre la recogió en un carro, la transportó cuidadosamente al establo y la dejó encima del heno esperando que llegase el momento de depositarla en la Feria del Condado.

Almanzo amontonó las restantes calabazas haciéndolas rodar y Padre las llevó a los establos. Las mejores las guardaron en el sótano para hacer pasteles y las restantes las amontonaron en la Era del Establo Sur.

Cada noche Almanzo cortaba una de ellas con un hacha para alimentar a vacas, terneras y bueyes.

Las manzanas estaban maduras. Almanzo, Royal y Padre apoyaron sendas escalas contra los árboles, se subieron a las frondosas copas y escogieron cuidadosamente los frutos más perfectos que depositaron en cestos. Padre se llevó todos los cestos en un carro lentamente hacia la casa y Almanzo ayudó a bajarlos al sótano y a depositar las manzanas en sus respectivas cestas: no debían estropear ninguna porque una manzana estropeada se pudriría y podría estropear toda una cesta.

En el sótano comenzaba percibirse el perfume invernal de manzanas y conservas. Habían trasladado las lecheras de Madre arriba, a la despensa, hasta que llegara de nuevo la primavera.

Después de haber escogido las manzanas más perfectas, Almanzo y Royal pudieron sacudir los árboles. Aquello era muy divertido. Agitaban los árboles con todas sus fuerzas y las manzanas caían ruidosamente como granizo. Las recogían y lanzaban en el carro. Aquéllas servirían exclusivamente para hacer sidra. Almanzo mordía alguna de ellas siempre que le apetecía.

También había llegado el momento de recoger los productos del huerto. Padre llevó las manzanas al molino de sidra, pero Almanzo tuvo que quedarse en casa arrancando las remolachas, nabos y chirivías y guardándolos en el sótano. Arrancó las cebollas y Alice trenzó sus secas cabezas en largas ristras a cuyos lados pendían abundantes las redondas cebollas que Madre colgó en el ático. El muchacho arrancó las pimenteras mientras Alice enhebraba su aguja de zurcir y ensartaba los rojos pimientos como cuentas en una cuerda que a su vez colgaron junto a las cebollas.

A la mañana siguiente soplaba un frío glacial y nubes de tormenta se deslizaban por un cielo gris. Padre parecía preocupado: debían recogerse rápidamente las zanahorias y las patatas.

Almanzo se puso calcetines y mocasines, su gorro, chaqueta y mitones y Alice capucha y chal y se dispuso a ayudarle.

Padre enganchó a Bess y Bella al arado y abrió un surco a cada lado de las largas hileras de zanahorias. Con ello las zanahorias quedaban junto a un delgado caballón de tierra, de modo que eran fáciles de arrancar. Alice y Almanzo las recogían lo más rápidamente posible y Royal cortaba sus peludas cabezas y las arrojaba al carro. Padre las transportó a casa y las echó por un conducto metiéndolas en los cajones del sótano destinados a tal fin.

Las pequeñas semillas rojas que Almanzo y Alice plantaron habían crecido convirtiéndose en doscientos *bushels* de zanahoria. Madre podría cocinar cuanto quisiera y los caballos y vacas disfrutarían de ellas todo el invierno.

Perezoso John les ayudó a recoger las patatas. Padre y John las extraían con azadas, mientras Alice y Almanzo las cogían y las metían en cestos que luego vaciaban en un carro. Royal dejaba un carro vacío en el campo mientras llevaba el lleno a la casa y descargaba su contenido por la ventana del sótano, en las latas que guardaban las patatas. Almanzo y Alice se apresuraban a llenar el carro vacío mientras él estaba ausente.

Apenas se detuvieron a comer a mediodía. Trabajaron hasta la noche, cuando ya era demasiado oscuro para distinguir nada. Si no echaban las patatas al sótano antes de que la tierra se helase, todo el trabajo del año se perdería y Padre tendría que comprar patatas.

—Nunca se había visto semejante tiempo en esta época del año —dijo Padre.

Por la mañana temprano, antes de salir el sol, ya estaban trabajando esforzadamente. El sol no apareció en ningún momento. grandes nubes grises pendían sobre sus cabezas. La tierra estaba fría y las patatas también y un viento fresco y vivo arrojaba granos de tierra en los ojos de Almanzo. Alice y él estaban soñolientos. Procuraban apresurarse, pero tenían los dedos tan fríos que los accionaban torpemente y dejaban caer las patatas.

—Tengo terriblemente helada la nariz —dijo Alice—. Tendríamos que llevarlas cubiertas como las orejas.

Almanzo dijo a Padre que tenían frío y él le respondió:

—Apresúrate, hijo, el ejercicio te mantendrá caliente.

Lo intentaron, pero estaban demasiado cansados para poder correr.

La próxima vez que llegó excavando cerca de ellos, les dijo:

—Haced una hoguera con las plantas secas de las patatas, Almanzo. De ese modo os calentaréis.

Así, pues, Alice y Almanzo recogieron un enorme montón de plantas secas, su padre les dio un fósforo y el muchacho encendió el fuego. La llamita prendió en una hoja seca, se propagó vivamente en un tallo y se precipitó chisporroteante por los aires pareciendo caldear todo el campo.

Durante largo rato trabajaron todos animadamente. Cuando Almanzo sentía mucho frío corría y amontonaba más plantas en el fuego y Alice acercaba a las llamas sus sucias manos para calentarse y el fuego brillaba en su rostro como la luz del sol.

—Tengo hambre —dijo Almanzo.

—También yo —repuso Alice—. Debe de ser casi hora de comer.

Almanzo no podía adivinar qué hora era por las sombras porque no había sol. Trabajaron y trabajaron y seguían sin oír el cuerno anunciando la comida. El niño sentía un gran vacío en su interior.

—Antes de que acabemos esta hilera, lo oiremos —dijo a Alice.

Pero no fue así. Almanzo decidió que algo debía haber sucedido.

—¿Aún no es hora de comer? —preguntó a su padre.

John se echó a reír.

—Apenas es media mañana, hijo —repuso su padre.

Almanzo siguió recogiendo patatas.

Al cabo de un rato su padre le dijo:

—Pon una patata en las cenizas, Almanzo. Eso te distraerá el hambre.

Almanzo puso dos patatas grandes entre las cenizas calientes: una para él y otra para Alice. Las cubrió con ceniza y añadió plantas secas en el fuego.

Comprendía que debía regresar a trabajar, pero se quedó junto al grato calor aguardando a que las patatas se cocieran. No se sentía a gusto interiormente, pero estaba caliente y se decía a sí mismo:

«Tengo que quedarme para asar las patatas.»

Estaba incómodo porque dejaba a Alice trabajar sola, mas seguía pensando:

«Estoy ocupado asando una patata para ella.»

De pronto sonó una suave y sibilante ráfaga y sintió en su rostro el impacto de algo abrasador que se le quedó en él pegado, obstaculizando su visión. Gritó desesperadamente a causa de aquel terrible dolor.

Oyó gritos y carreras y las grandes manos de Padre le apartaron las suyas del rostro y le echaron atrás la cabeza. Perezoso John hablaban en francés y Alice lloraba y exclamaba:

—¡Oh, Padre! ¡Oh, Padre!

—Abre los ojos, hijo —le ordenó su padre.

Almanzo lo intentó, pero sólo podía abrir uno. Padre le obligó a abrir el otro empujando el párpado con el dedo y experimentó un gran dolor.

—No ha pasado nada —dijo—. El ojo no se ha lastimado.

Una de las patatas que estaban asando había estallado y su calor abrasador había alcanzado a Almanzo. Pero había cerrado el párpado a tiempo y sólo se había quemado el párpado y la mejilla.

Padre le ató su pañuelo en el ojo y Perezoso John y él reanudaron su trabajo.

Almanzo no imaginaba que se pudiera sentir tanto dolor como el que le producía aquella quemadura, mas aseguró a Alice que no le dolía... demasiado. Sacó la otra patata de las cenizas con un palo.

—Creo que es la tuya —murmuró.

No lloraba, pero de sus ojos brotaban lágrimas que le caían por la nariz.

—No, es la tuya —dijo Alice—, la mía fue la que estalló.

—¿Cómo sabes que era aquélla? —preguntó su hermano.

—Es la tuya porque tú estás herido y yo no tengo hambre. Es decir.. no mucha —repuso Alice.

—¡Tienes tanta hambre como yo! —exclamó Almanzo. No podía seguir siendo tan egoísta—. Cómete la mitad —dijo— y yo me comeré el resto.

La patata estaba quemada por fuera, pero blanca y mantecosa y de su interior brotaba un delicioso olor a patata cocida. La dejaron enfriar un poco y luego la consumieron retirando la negra corteza y fue la mejor patata que habían comido en su vida. Se sintieron mejor y volvieron a trabajar.

Almanzo tenía ampollas en el rostro y el ojo hinchado y le dolía, pero Madre le puso una cataplasma a mediodía, otra por la noche y al día siguiente ya no le hacía tanto daño.

Poco después de que anocheciera el tercer día, Alice y él iban a casa tras la última carga de patatas.

El frío se intensificaba por momentos. Padre metió las patatas con una pala en el sótano a la luz de una linterna mientras Royal y Almanzo hacían las tareas.

Apenas acababan de salvar la cosecha cuando aquella misma noche heló.

—«Más vale llegar a tiempo que rondar cien años» —dijo Madre.

Pero Padre movió dubitativo la cabeza.

—Demasiado justo a mi parecer —repuso—. No tardará en nevar. Tendremos que apresurarnos para poner a salvo las habichuelas y el maíz.

Puso el rastrillo en el carro y Royal y Almanzo le ayudaron a cargar las habichuelas, arrancaron los rodrigones y los depositaron en el carro junto con las habichuelas. Trabajaban con cuidado porque cualquier sacudida desprendería las habichuelas de las vainas secas y las estropearía.

Cuando hubieron amontonado todas las habichuelas en la Era del Establo Sur, cargaron los tresnales de maíz. La cosecha había sido tan buena que ni siquiera los elevados techos de los establos de Padre podrían contener toda la recolección. Varias cargas de tresnales de maíz tuvieron que quedarse en el patio y Padre levantó una cerca alrededor para mantenerlos a salvo del ganado joven.

Toda la cosecha estaba ya recogida. El sótano y el ático y los establos estaban atestados. Tenían abundantes alimentos para ellos y el ganado almacenados para el invierno. Todos podrían dejar de trabajar durante algún tiempo y disfrutar de la Feria del Condado.

Capítulo Veintiuno

LA FERIA DEL CONDADO

A temprana hora de la fría mañana todos se pusieron en marcha hacia la Feria. Iban elegantemente vestidos con las ropas del domingo, menos Madre que vestía un traje más sencillo y delantal porque se disponía a ayudar en la comida de la iglesia.

Bajo el asiento posterior de la calesa estaba la caja de gelatinas, escabeches y conservas que Eliza Jane y Alice habían hecho para exhibir en la Feria. Alice llevaba también sus bordados, pero la calabaza de Almanzo alimentada con leche ya había sido entregada el día anterior.

Era demasiado grande para que cupiera en la calesa. Almanzo la había pulido cuidadosamente y Padre la cargó en el carro haciéndola rodar sobre un blando montón de heno y la condujo al recinto ferial entregándola a míster Paddock, encargado de tales menesteres.

Aquella mañana las carreteras estaban llenas de gente que se dirigían a la Feria y, en Malone, la multitud era aún mayor que el Día de la Independencia. Alrededor del recinto de la Feria se extendían acres llenos de carros y calesas y la gente se apretujaba como bandadas de moscas. Las banderas ondeaban y la banda estaba tocando.

Madre, Royal y las chicas se apearon de la calesa en el recinto de la Feria, pero Almanzo acompañó a su padre hasta los establos de la iglesia y le ayudó a desenganchar los caballos. Los establos estaban llenos y a todo lo largo de las aceras riadas de personas con sus mejores ropas acudían a la Feria mientras las calesas iban y venían corriendo por las calles entre nubes de polvo.

—Bien, hijo, ¿qué haremos primero? —le preguntó Padre.

—Quisiera ver los caballos —dijo Almanzo.

De modo que Padre dijo que sería lo primero que harían.

El sol estaba en lo alto y el día era claro y cálido. Un enorme gentío llegaba andando al recinto ferial charlando ruidosamente y la banda tocaba alegre. Las calesas iban y venían. Los hombres se detenían a hablar con Padre y se veían muchachos por doquier. Frank estaba por allí con algunos chicos de la ciudad y Almanzo vio también a Miles Lewis y Aaron Webb, pero se quedó con su padre.

Cruzaron lentamente la parte posterior de la mayor y alta caseta y dejaron atrás el bajo y alargado edificio de la iglesia. En realidad no era la iglesia, sino la cocina y comedor instalados por el pastor en la feria del que surgían estrépito de platos y cacerolas y ruidosas voces femeninas. Madre y las chicas estaban en algún lugar allí adentro.

Más allá había una hilera de puestos, casetas y tiendas, todas engalanadas con banderas y fotos de colores y hombres gritando:

—¡Venid, venid aquí! ¡Sólo diez centavos, una moneda, la décima parte de un dólar!

—«¡Naranjas, dulces naranjas en flor» «¡Cura todas las enfermedades de hombres y ganado!» «¡Premios para todos, premios para todos!» «¡Último aviso, muchachos, soltad vuestro dinero!» «¡Atrás, no os amontonéis!»

En un puesto se veía una selva de cañas a rayas negras y blancas. Si se lograba echar una anilla sobre alguna de ellas, uno podía llevársela. Había montones de naranjas, bandejas de alfajores y tinas de limonada rosa. Un hombre con frac y reluciente sombrero de copa ponía un guisante bajo una concha y luego ofrecía dinero a quien le dijera dónde estaba.

—Sé dónde está, Padre —dio Almanzo.

—¿Estás seguro? —preguntó Padre.

—Sí —repuso Almanzo señalando una de las conchas—. Debajo de aquélla.

—Bien, hijo. Aguarda y lo veremos —repuso él.

En aquel mismo momento un hombre se abrió paso entre la multitud y depositó un billete de cinco dólares junto a las tres conchas que allí había y señaló la misma que Almanzo había indicado. El tipo del sombrero de copa levantó la concha: debajo no había nada. Al momento el billete de cinco dólares estaba en el bolsillo de su frac y exhibía de nuevo el guisante depositándolo bajo otra concha.

Almanzo no lograba comprenderlo: había visto el guisante bajo aquella concha y no estaba allí. Preguntó a su padre cómo podía haberlo hecho aquel hombre.

—No lo sé, Almanzo —respondió—. Pero él sí: es su juego. Nunca apuestes tu dinero al juego de otro hombre.

Se dirigieron hacia los establos donde se guardaba el ganado. El suelo había sido pisoteado y convertido en una gruesa capa de polvo por una multitud de hombres y muchachos. Allí se estaba tranquilo.

Almanzo y Padre estuvieron contemplando largo rato los hermosos caballos morgan bayos, pardos y zaínos, con sus lisas y esbeltas patas y pequeños y limpios cascos. Los morgan sacudían sus pequeñas cabezas, sus ojos eran dulces y brillantes. Almanzo los examinó detenidamente y ninguno le pareció mejor que los potros que Padre había vendido el otoño pasado.

Luego pasaron revista a los pura sangre, con sus cuerpos más largos y cuellos más delgados y esbeltas ancas. Los pura sangre eran nerviosos, se les estremecían las orejas y destacaba el blanco de sus ojos. Parecían más rápidos que los morgan, pero no tan mansos.

Más allá había unos caballos grandes, moteados de gris. Sus ancas eran redondas y duras, sus cuellos gruesos y tenían las patas pesadas. Largo y espeso pelaje cubría sus grandes patas, sus cabezas eran macizas, sus ojos tranquilos y amables. Almanzo era la primera vez que veía aquella clase de caballos.

Padre dijo que procedían de un país europeo llamado Bélgica. Estaba cerca de Francia y los franceses habían traído aquellos animales en barcos al Canadá. Ahora los caballos belgas venían de Canadá a Estados Unidos. Padre los admiraba mucho.

—Fíjate qué músculos —observó Padre—: arrastrarían un establo si los engancharan a él.

—¿De qué sirve que un caballo pueda arrastrar un establo? —repuso Almanzo—. No queremos que arrastren establos. Los morgan tienen suficiente músculo para tirar de un carro y son bastante rápidos para llevar una calesa.

—Tienes razón, hijo —convino Padre. Miró con pesar a los grandes caballos y movió la cabeza dubitativo—. Sería una lástima alimentar tanto músculo y no utilizarlo. Tienes razón.

Almanzo se sentía importante y mayor hablando de caballos con su padre.

A continuación de los belgas se encontraba tal cantidad de hombres y muchachos alrededor de un establo que ni siquiera Padre podía ver qué había allí. Almanzo dejó a su padre e infiltrándose entre las piernas de los espectadores logró llegar hasta los barrotes.

Dentro había dos criaturas negras. Almanzo nunca había visto nada semejante. Parecían caballos, pero no lo eran. Tenían las colas peludas, con sólo un penacho en la punta, sus cortas y erizadas crines se levantaban lacias y tiesas, sus orejas eran como de conejo y muy largas y se erguían sobre caras largas y descarnadas. Y mientras Almanzo las miraba, una de aquellas criaturas lo miró, irguió las orejas y estiró el cuello.

Ante los desorbitados ojos de Almanzo arrugó la nariz y frunció hacia atrás el belfo mostrando sus grandes y amarillos dientes. Almanzo no podía moverse.

La criatura abrió lentamente la gran boca exhibiendo los colmillos y profirió un estrepitoso relincho.

Almanzo chilló a su vez, dio la vuelta y se abrió paso a golpes y empujones entre la multitud en busca de su padre. Cuando llegó junto a él descubrió que todos se estaban riendo menos él.

—No es más que un caballo mestizo, hijo —dijo Padre—, la primera mula que has visto. Y tampoco eres el único que estaba asustado —concluyó mirando en torno.

Almanzo se sintió mejor cuando visitaron a los potros. Los había de dos años, de uno y algunos pequeños con sus madres. El muchacho los observó atentamente y por último dijo:

—Padre, quisiera...

—¿Qué, hijo? —se interesó él.

—Padre, no hay un potro aquí que llegue a la suela del zapato a Estrella Luminosa. ¿Podrías traerlo a la Feria el año que viene?

—Bien, bien —dijo Padre—, veremos qué hacemos el año que viene.

Luego inspeccionaron al ganado. Había alazanes guernesey y jersey procedentes de las respectivas islas, próximas a la costa francesa. Examinaron los devon rojos brillantes y los grises durham procedentes de Inglaterra. Miraron los novillos y los añales y algunos eran más hermosos que Estrella y Brillante. Luego pasaron revista a los robustos y potentes bueyes.

En todo momento Almanzo estaba pensando que si Padre llevase a Estrella Luminosa a la Feria sin duda se llevaría algún premio.

Luego visitaron a los grandes cerdos blancos chester y los más finos, pequeños y negros berkshire. Lucy, la cerdita de Almanzo era una chester blanca, pero el muchacho decidió que algún día también tendría un berkshire.

A continuación estaban las ovejas merinas como las de Padre, con sus pieles arrugadas y cortas y magnífica lana y contemplaron las ovejas más grandes cotswold, cuya lana es más larga, pero áspera. Padre estaba satisfecho con sus merinas: prefería criar menos lana, pero de mejor calidad, para que Madre tejiera.

Por entonces ya era mediodía y Almanzo aún no había visto su calabaza, pero como estaba hambriento fueron a comer.

El comedor de la iglesia ya estaba atestado de gente. Todos los puestos de la larga mesa se hallaban ocupados y Eliza Jane y Alice se afanaban con otras muchachas llevando bandejas llenas desde la cocina. Todos los olores deliciosos de allí procedentes hacían la boca agua a Almanzo.

Padre entró en la cocina y también Almanzo. Estaba atestada de mujeres que cortaban diligentes jamón cocido y rosbif, trinchaban pollos asados y lavaban verduras. Madre abrió el horno de la enorme cocina y sacó patos y pavos asados.

Junto a la pared había tres tinas en las que entraban largos tubos metálicos desde un caldero de agua que hervía en una estufa. Todas las rendijas de las tinas despedían vapor que salía asimismo como nubes de su interior. Almanzo lo inspeccionó y estaba lleno de patatas humeantes con sus limpias y tostadas pieles. Las pieles se arrugaban y encogían cuando les daba el aire y mostraban sus harinosos interiores.

Alrededor de Almanzo había toda clase de tartas y pasteles.

Estaba tan hambriento que hubiera podido comérselos todos, pero no se atrevió a tocar ni una miga.

Por fin Padre y él se sentaron en la larga mesa del comedor. Todos estaban contentos, hablando y riendo, mas Almanzo se limitaba a comer. Comió jamón, pollo y pavo rellenos y gelatina de arándano, patatas y salsa, *succotasch* [1], habichuelas guisadas y cocidas, cebollas, pan blando, pan de centeno y dulces, escabeches, gelatinas y conservas. Luego aspiró profundamente y comió pastel.

Cuando comenzaba a dar buena cuenta del pastel lamentó no haber probado otra cosa. Apuró un pedazo de dulce de calabaza y otro de natillas y asimismo otro trozo de pastel de vinagre y otro de empanada, pero no pudo acabarlos. Sencillamente, le era imposible. Había pasteles de bayas, de nata, de vinagre y de uvas, pero ya no podía más

Se sintió satisfecho de instalarse con Padre en la gran caseta. Estuvieron viendo los caballos de carreras que pasaban veloces al trote, entrenándose para la competición. A la luz del sol se levantaban pequeñas nubes de polvo tras los rápidos *sulkies* [2]. Royal estaba con los chicos mayores al borde de la pista, junto con los hombres que apostaban en las carreras.

Padre dijo que le parecía correcto que la gente apostara en las carreras si deseaba hacerlo.

—Uno puede disponer de su dinero —añadió—, pero yo preferiría conseguir algo más consistente por el mío. —La gran caseta estaba llena de gente que se agolpaba en los asientos de las gradas. Los ligeros *sulkies* se estaban alineando y los caballos agitaban las cabezas y piafaban nerviosos dispuestos a salir.

Almanzo estaba tan excitado que a duras penas podía permanecer tranquilo en su asiento. Escogió el caballo que pensó ganaría, un pura sangre zaíno, esbelto y reluciente.

Alguien gritó. De repente, los caballos volaron por la pista. La multitud vociferó unánime. Luego, de pronto, todos guardaron silencio asombrados: un indio corría asimismo detrás de los *sulkies*, con tanta rapidez como los corceles.

Todos comenzaron a gritar: «¡No podrá conseguirlo!» «¡Dos

1 Potaje indio a base de maíz tierno y habas.

2 Carruajes ligeros de dos ruedas para una persona, tirados por un caballo.

dólares si llega hasta el fin!» «¡El bayo, el bayo!», «¡Adelante,
adelante!» «¡Tres dólares por el indio!» «¡Mirad el zaíno!»
«¡Fijaos en el indio!»

El polvo aventaba en el otro extremo de la pista. Los corceles
volaban, apresurándose por el terreno. La multitud se había
puesto en pie sobre los bancos gritando. Almanzo vociferaba
hasta enronquecer. Los animales aporreaban el suelo con sus patas: «¡Adelante, adelante!» «¡El bayo, el bayo!»

Pasaban demasiado rápidos para ser vistos. Detrás iba el indio
corriendo ágilmente. Al pasar ante la gran caseta dio un salto por
los aires, luego una voltereta y se quedó de pie saludando al público con la diestra.

La gran caseta vibró con el estrépito de gritos y patadas.
Incluso Padre gritaba: «¡Hurra, hurra!»

El indio había recorrido aquella milla en dos minutos y cua-
renta segundos, tan deprisa como el caballo ganador, y ni siquiera
jadeaba. Saludó al público que le aclamaba de nuevo y salió de la
pista.

El caballo bayo había ganado.

Se celebraron dos carreras más, pero en seguida fueron las tres, hora de volver a casa. El regreso fue apasionante aquel día porque había mucho que comentar. Royal había arrojado una anilla sobre una de las cañas a franjas blancas y negras y había acertado. Alice había gastado una moneda en una barra de caramelo de menta. La rompió en pedazos y todos fueron chupándolos.

Parecía extraño llegar a casa a la hora de hacer las tareas y dormir. A la mañana siguiente volverían a hacer lo mismo. Quedaban otros dos días de feria.

Aquella mañana Almanzo y padre dejaron atrás rápidamente las cuadras del ganado y fueron a visitar la exhibición de verduras y granos. Almanzo descubrió las calabazas al punto. Aparecían radiantes y doradas entre otros productos más anodinos, y entre ellas se encontraba la suya, la más grande de todas.

—No estés demasiado seguro de obtener el premio, hijo —le dijo Padre—, no sólo cuenta el tamaño, sino también la calidad.

Almanzo trató de no preocuparse demasiado por el premio. Se apartó de las calabazas con su padre, aunque no podía evitar mirar de vez en cuando la suya. Vieron magníficas patatas, remolachas, nabos, colinabos y cebollas. Palpó los castaños y rollizos granos de trigo y las estriadas y pálidas avenas, los guisantes del Canadá, las habichuelas secas y las moteadas. Inspeccionó las espigas de

maíz blanco y amarillo y las rojas, blancas y azules. Padre le hizo observar cuán próximos crecían los granos en las mejores espigas y cómo cubrían incluso las puntas.

La gente paseaba arriba y abajo lentamente observándolo todo. Siempre había alguien mirando las calabazas y Almanzo hubiera querido decirles que la suya era la mayor.

Después de comer se apresuró a presenciar las deliberaciones. La multitud era ahora más densa y a veces tenía que dejar a Padre y escurrirse por entre la gente para ver qué hacían los jueces. Los tres llevaban sendos distintivos en sus chaquetas, tenían aspecto solemne y hacían comentarios entre sí en voz baja, de modo que nadie oyese lo que decían.

Sopesaban los granos en sus manos y los examinaban de cerca detenidamente. Mascaban algunos granos de trigo y avena para ver cómo sabían. Abrieron guisantes y judías y desgranaron algunas espigas de maíz para asegurarse de su longitud. Cortaban con navajas las cebollas por la mitad y las patatas en delgadas lonchas y las exponían a la luz. La mejor parte de una patata está próxima a la piel y se puede apreciar su densidad si se sostiene una delgada loncha a la luz y se observa a través de ella.

La multitud se apretujaba en torno a la mesa donde estaban los jueces y lo presenciaban todo sin decir palabra. Cuando por fin el juez alto, delgado y con perilla sacó un trozo de cinta roja y otro azul de su bolsillo, no se oía una mosca. La cinta roja designaría el segundo premio; la azul, el primero. El juez los puso en las verduras que habían ganado y la multitud respiró aliviada.

Entonces, de pronto, todos hablaban. Almanzo vio que aquellos que no habían obtenido ningún premio y el que había conseguido el segundo felicitaban al ganador. Comprendió que si su calabaza no era premiada tendría que hacer lo mismo y no lo deseaba, pero creía que tendría que hacerlo.

Por fin los tres jueces llegaron a las calabazas. Almanzo intentó no mirar, como si no le importase, pero se sentía a punto de estallar.

Los jueces tuvieron que aguardar a que míster Paddock les entregase un cuchillo de carnicero, grande y afilado. El juez mayor lo cogió y hundió con todas su fuerzas en una calabaza, apoyó el mango y separó una gruesa tajada que sostuvo en lo alto para que sus compañeros apreciaran la densa y amarilla pulpa. Examinaron el grosor de la dura cáscara y el pequeño hueco donde estaban las simientes, cortaron delgadas lonchas y las probaron.

Entonces el juez mayor abrió otra. Había comenzado por las pequeñas. La multitud se apretujaba contra Almanzo. El muchacho tuvo que abrir la boca para poder respirar.

Por fin el hombre cortó la gran calabaza. Almanzo se sentía mareado. El interior tenía un gran hueco lleno de simientes, pero era una gran calabaza, con muchísimas semillas y de carne algo más pálida que las restantes. El muchacho no sabía si ello establecería alguna diferencia. Los jueces la probaron sin que él pudiera discernir por sus rostros qué les parecía su sabor.

Entonces conversaron largo rato entre sí. Almanzo no podía oír lo que decían. El juez alto y delgado movió la cabeza y se acarició la perilla, cortó una loncha delgada de la calabaza más amarilla y otra también delgada de la de Almanzo y probó ambas. Se las dio al juez grande que también las probó. El juez gordo hizo algún comentario y todos sonrieron.

Míster Paddock se inclinó sobre la mesa y dijo:

—Buenas tardes, Wilder. Veo que tú y el chico participáis en la Feria. ¿Te lo pasas bien, Almanzo?

El muchacho apenas podía pronunciar palabra.

—Sí, señor —consiguió articular por fin.

El juez había sacado la cinta roja y la azul de su bolsillo. Su compañero más obeso le cogió de la manga y todos los jueces se aproximaron de nuevo a cuchichear.

El juez alto se volvió lentamente. Lentamente cogió una aguja que llevaba en su solapa y la clavó en la cinta azul. No se hallaba muy cerca de la gran calabaza de Almanzo: no estaba bastante próximo para alcanzarla. Sostuvo la cinta azul sobre otra calabaza, se inclinó, extendió lentamente el brazo y clavó la aguja en la hortaliza de Almanzo.

Su padre le apretó la mano en el hombro. De repente Almanzo pudo respirar. Se estremeció de pies a cabeza. Padre le estrechaba la mano, todos los jueces sonreían. Incluso mucha gente decía:

—¡Vaya, míster Wilder, de modo que su hijo ha obtenido el primer premio!

—Es una magnífica calabaza, Almanzo —comentó míster Webb—. Nunca había visto una más espléndida.

—Jamás había visto una calabaza de tales proporciones —ex-

clamó míster Padock—. ¿Cómo conseguiste hacerla tan grande?

De pronto todo pareció inmenso y muy silencioso. Almanzo tuvo frío y se sintió pequeño y asustado. Hasta entonces no se le había ocurrido que quizás no fuera honesto ganar un premio con una hortaliza alimentada con leche. Quizás el premio estuviera destinado a calabazas cultivadas al estilo tradicional. Tal vez si lo decía le quitarían el premio pensando que había tratado de engañarles.

Miró a Padre, pero por su expresión no descifró cómo debía obrar.

—Estuve cavando y... —comenzó.

Entonces comprendió que iba a decir una mentira y que Padre le oiría. Miró a míster Paddock y prosiguió:

—La engordé con leche, es una calabaza criada con leche. ¿Es eso... correcto?

—Sí lo es —repuso míster Paddock.

Padre rió.

—Hay trucos en todos los negocios, menos en el tuyo, Paddock. ¿O quizás también los haya para cultivar y hacer carros, eh?

Entonces Almanzo comprendió cuán necio había sido: Padre lo sabía todo y él no engañaría a nadie.

Después siguieron paseando entre la multitud. Vieron de nuevo caballos y el potro que ganó el premio no era tan bueno como Estrella Luminosa. Almanzo confiaba que Padre lo llevase a la Feria el año próximo. Luego presenciaron carreras pedestres y competiciones de saltos y de lanzamiento. Los chicos de Malone participaban en ellas, pero los campesinos ganaban casi siempre. Almanzo seguía pensando en que su calabaza había ganado el premio y se sentía satisfecho.

Al volver a casa aquella noche todos estaban contentos: la labor de Alice había obtenido el primer premio; Eliza Jane había obtenido una cinta roja y Alice una azul por sus gelatinas. Padre dijo que aquel día la familia Wilder podía sentirse orgullosa.

Aún quedaba otro día de Feria, pero no fue tan divertido. Almanzo ya estaba cansado de pasárselo bien: tres días de diversión eran excesivos, no le parecía correcto volver a salir bien vestido y dejar la granja. Se sentía tan incómodo como cuando realizaba la limpieza de la casa. Se alegró de que la Feria concluyese y todo volviera a ser como de costumbre.

Capítulo Veintidós

FIN DE AÑO

—Sopla viento del norte —dijo Padre cuando se desayunaban—. Están viniendo las nubes. Mejor será que recojamos los hayucos antes de que nieve.

Las hayas crecían en la zona de arbolado, a dos millas junto a la carretera, pero sólo a media milla cruzando los campos. Míster Wedd era un buen vecino y permitía a Padre atravesar su terreno.

Almanzo y Royal se pusieron sus gorras y las confortables chaquetas y Alice su capa y capucha y marcharon con Padre en el carro a recoger los hayucos.

Cuando llegaron a la cerca de piedra Almanzo ayudó a abrirla y pasar el carro.

La dehesa estaba ahora vacía y el ganado se resguardaba en los confortables establos, de modo que podían dejar las vallas abiertas hasta que efectuaran el último viaje a casa.

En el hayedo todas las hojas amarillas habían formado una densa capa en el suelo. Bajo los esbeltos troncos y delicadas ramas desnudas de los árboles, los hayucos habíanse asimismo desprendido después de las hojas y yacían sobre ellas. Padre y Royal levantaron la alfombra de hojas cuidadosamente con sus horcas y las pusieron con sus frutos en el carro y Alice y Almanzo corrie-

150

ron arriba y abajo por encima pisoteando las crujientes hojas para dejar espacio y que cupiesen más.

Cuando el carro estuvo lleno, Royal marchó con Padre a los establos, pero Almanzo y Alice se quedaron jugando hasta que ellos regresaron. Soplaba un fresco viento, la luz del sol era brumosa y las ardillas retozaban y almacenaban nueces para el invierno. En el cielo, los patos salvajes granzaban desplazándose hacia el sur. Era un día maravilloso para jugar a los indios salvajes entre los árboles.

Cuando Almanzo estuvo cansado de jugar, Alice y él se sentaron en un leño y partieron hayucos con los dientes. Los hayucos son triangulares, pequeños y marrones, pero las cáscaras siempre están llenas del delicioso fruto. Son tan buenos que uno nunca se cansa de comerlos. Por lo menos, Almanzo jamás se cansaba antes de que regresara el carro.

Entonces Alice y él siguieron pisoteando las hojas mientras las horcas funcionaban constantemente abriendo un camino cada vez más amplio en el suelo.

Pasaron casi todo el día recogiendo los hayucos. A la fría luz crepuscular, el muchacho ayudó a levantar la cerca de piedra tras la última carga. Todos los hayucos con sus hojas formarían un enorme montón en la Era del Establo Sur, junto a la aventadora.

Aquella noche Padre dijo que aquél había sido el veranillo de San Martín.

—Esta noche nevará —aseguró.

Cuando Almanzo despertó a la mañana siguiente, la luz tenía una palidez helada y desde la ventana se veía el suelo y los tejados de los establos blancos de nieve.

—Es «el abono del pobre» —calificó Padre a aquel tipo de nieve. Y envió a Royal a ararla en los campos. De ese modo se aireaba algo el suelo, lo que haría crecer las cosechas.

Entretanto Almanzo ayudaba a Padre. Aseguraron las ventanas de madera del establo y clavetearon todos los tablones que se habían desprendido con el sol y la lluvia del verano. Revistieron las paredes del establo con paja limpia que asimismo apretujaron en los muros de la casa poniendo piedras sobre ella para asegurarla contra el viento, y ajustaron contrapuertas y contraventanas muy oportunamente: aquel fin de semana concluyó con una primera e intensa helada.

El duro tiempo frío había venido para instalarse y llegaba la hora de la matanza.

En el fresco amanecer, antes de almorzar, Almanzo ayudó a Royal a colocar la gran caldera metálica cerca del establo. La depositaron sobre piedras y la llenaron de agua encendiendo debajo una hoguera. La caldera contenía tres barriles de agua.

Perezoso John y Joe el Francés llegaron antes de que hubiesen concluido los preparativos y apenas tuvieron tiempo de tomar un bocado. Aquel día debían sacrificarse cinco cerdos y un buey añal.

En cuanto acababan con uno de ellos, Padre, John y Joe sumergían sus cuerpos en el caldero hirviendo, lo extraían y tendían sobre los tableros y les arrancaban todo el pelo con cuchillos de carnicero. Luego los colgaban de un árbol por las patas posteriores, los abrían y les extraían todas las entrañas que depositaban en un barreño.

Almanzo y Royal llevaban el barreño a la cocina y Madre y las chicas lavaban el corazón y el hígado y recortaban todos los trozos de grasa de las entrañas del cerdo para hacer manteca.

Padre y John despellejaron cuidadosamente el buey. La piel salió de una sola pieza. Cada año Padre sacrificaba un buey y guardaba la piel para hacer zapatos.

Los hombres estuvieron despedazando carne toda la tarde y Almanzo y Royal se apresuraban a llevársela. Todas las piezas de grasa de cerdo las salaron y la guardaron en barriles en el sótano. Los jamones y paletillas los introdujeron cuidadosamente en barriles de conserva que Madre había preparado con sal, azúcar de arce, salitre y agua cocidos. La conserva de cerdo tenía un penetrante olor que parecía capaz de provocar algún estornudo.

Costillas, espinazos, corazones, hígados, lenguas y toda la carne destinada a embutidos debía guardarse en la leñera del ático. Padre y John colgaron también allí los cuartos de buey. La carne se helaría y permanecería congelada todo el invienro.

La matanza concluyó aquella noche. Joe el Francés y Perezoso John se fueron silbando a sus casas con carne fresca en pago de su trabajo y Madre guisó costillas de cerdo para cenar. A Almanzo le gustaba mordisquear la carne de los largos, curvados y planos huesos. También le gustaba la salsa castaña del cerdo sobre el mantecoso puré de patatas.

Durante toda la semana siguiente Madre y las niñas trabajaron intensamente y Almanzo estuvo en la cocina ayudándolas. Recortaban la grasa del cerdo y la cocían en grandes ollas en la cocina. Cuando estuvo hecha, Madre coló la clara y caliente manteca a través de trapos limpios en grandes tinajas de piedra.

Después que Madre exprimió los trapos, allí quedaron los crujientes y tostados chicharrones. Almanzo cogía algunos furtivamente para comérselos. Madre decía que eran demasiado fuertes para él y los guardaba para sazonar el pan de maíz.

Luego hizo el «queso de cerdo». Coció las seis cabezas hasta que la carne se desprendió de los huesos, la cortó, sazonó y mezcló con líquido de la cocción y la vertió en cacerolas de seis cuartos. Cuando la masa se enfrió era como gelatina, porque aquello era lo que había salido de los huesos.

A continuación Madre hizo carne picada. Coció buenos fragmentos de buey y cerdo y los picó finamente. Añadió uvas, especias, azúcar, vinagre, manzanas trituradas y coñac y llenó dos grandes tinajas de carne picada. Tenía un olor delicioso y permitió que Almanzo apurase los restos que quedaban en el cuenco mezclador.

Durante todo ese tiempo Almanzo estuvo triturando salchichas. Empujaba miles de trozos de carne por el triturador y daba vueltas a la manecilla durante horas y horas. Cuando aquello con-

cluyó, se sintió aliviado. Madre sazonaba la carne y formaba grandes albóndigas con ella y Almanzo tenía que llevarlas a la leñera del ático y amontonarlas sobre trapos limpios. Allí permanecerían heladas todo el invierno y cada mañana Madre utilizaría una de ellas para hacer pastelitos que freiría para almorzar.

El proceso de la matanza concluía con la fabricación de velas.

Madre fregaba las grandes ollas y las llenaba con trozos de grasa de buey. La grasa de buey no hace manteca, se funde en sebo. Mientras se deshacía, Almanzo la ayudó a colocar las mechas en los moldes de las velas.

El molde de las velas consistía en dos hileras de tubos metálicos unidos y apoyados sobre seis pies. En un molde había doce tubos. Estaban abiertos en lo alto, pero se estrechaban hasta formar una punta en el fondo y en cada punta había un diminuto agujero.

Madre cortó un cabo de mecha para cada tubo, la dobló en un palito y la retorció formando un cordón. Se humedeció el pulgar y el índice y enrolló el extremo de la cuerda formando una punta afilada. Cuando tuvo seis cuerdas en el palo las metió en seis tubos y el palo quedó en lo alto de los tubos. Las puntas de las cuerdas sobresalían de los agujeritos por los extremos inferiores y Almanzo las tensaba fuertemente y las mantenía rectas clavando una patata cruda en el afilado extremo del tubo.

Cuando hubo una mecha en cada uno, que se mantenía recta y tensa en el centro, Madre vertió cuidadosamente el sebo caliente llenando cada tubo hasta el borde. Seguidamente Almanzo sacó los moldes afuera para que se enfriasen.

Cuando el sebo alcanzó consistencia, entró el molde y retiró las patatas. Madre sumergió el molde rápidamente en agua hirviendo y extrajo los palos, de cada uno de los cuales salieron seis velas.

Entonces Almanzo las cortó del palo, eliminó los bordes de la mecha de los cabos lisos dejando suficiente mecha en cada vela para poder encenderla en su extremo afilado y amontonó las lisas y rectas velas en montañas de cera blanca.

Almanzo pasó todo un día ayudando a Madre a hacer velas. Aquella noche tenían bastante velas que durarían hasta la matanza del año próximo.

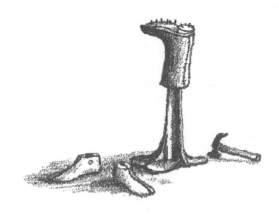

CAPÍTULO VEINTITRÉS

EL ZAPATERO

Madre estaba preocupada y refunfuñaba constantemente porque el zapatero no había llegado. Los mocasines de Almanzo estaban hechos jirones y a Royal le habían quedado pequeñas las botas del año anterior. Las había recortado alrededor para conseguir meter dentro los pies y le dolían con el frío, pero nada podía hacerse hasta que llegara el zapatero.

Era casi hora de que Royal, Eliza Jane y Alice fuesen a la academia y no tenían zapatos. Y el zapatero seguía sin presentarse.

Las tijeras de Madre recortaban veloces la hermosa tela gris que había tejido con lana de las ovejas. Cortaba, unía, embastaba y cosía haciendo un hermoso traje nuevo para Alice con abrigo a juego. También le hizo una gorra con orejeras que se abrochaba como las gorras de compra.

A Eliza Jane le hizo un vestido nuevo color vinagre y, para Alice, un nuevo traje color añil. Las muchachas descosían sus trajes y sombreros viejos, los limpiaban y planchaban y los volvían a coser por el otro lado para que pareciesen nuevos.

Por las noches las agujas de tricotar de Madre corrían y repiqueteaban haciendo calcetines nuevos para todos. Tricotaba tan deprisa que las agujas se calentaban al frotarse entre sí. Pero no podrían estrenar zapatos a menos que el zapatero llegase a tiempo.

No fue así. Las chicas ocultaron sus zapatos viejos con sus faldas, pero Royal tuvo que ir a la academia con su traje elegante y las botas del pasado año que estaban recortadas en torno y mostraban sus calcetines blancos. No pudo solucionarse.

Llegó la última mañana. Padre y Almanzo hacían las tareas. En todas las ventanas de la casa resplandecían las luces de las velas y Almanzo echaba de menos a Royal en el establo.

Royal y las chicas se presentaron ya vestidos para almorzar. Nadie comió demasiado. Padre fue a enganchar los caballos y Almanzo arrastró las bolsas de fieltro por la escalera. Hubiera preferido que Alice no se marchase.

Las campanillas del trineo llegaron sonando hasta la puerta y Madre rió y se enjugó los ojos con el delantal. Todos salieron junto al trineo. Los caballos piafaban y hacían sonar sus cascabeles. Alice se cubrió con la manta de viaje las abultadas faldas y Padre arreó a los caballos. El trineo se deslizó y giró por la carretera. Alice volvió el rostro cubierto con negro velo y gritó:

—¡Adiós, adiós!

Almanzo no tuvo un día muy agradable. Todo le parecía enorme, silencioso y vacío. Comió solo con Padre y Madre y la hora de las tareas se anticipó porque Royal no estaba. Almanzo odiaba entrar en la casa y no ver a Alice. Incluso echaba de menos a Eliza Jane.

Después se acostó y permaneció despierto preguntándose qué estarían haciendo ellos, a cinco millas de distancia.

A la mañana siguiente llegó el zapatero. Madre fue a la puerta a recibirlo con estas palabras:

—¡Vaya, qué tarde ha venido! Llega con tres semanas de retraso y mis hijos se han marchado casi descalzos.

Pero el zapatero era tan bondadoso que no pudo seguir enfadada con él mucho tiempo. No era culpa suya: había estado tres semanas en una casa haciendo zapatos para una boda.

El zapatero era un hombre grueso y jovial que cuando reía se le agitaban las mejillas y el estómago. Instaló su banco en el comedor, junto a la ventana, y abrió su caja de herramientas. Ya había hecho reír a Madre con sus chistes. Padre trajo las pieles curtidas del año anterior y ambos estuvieron examinándolas toda la mañana.

La hora de comer fue muy animada. El zapatero les dio muchas noticias, elogió la cocina de Madre y estuvo contando chistes hasta que Padre estalló en carcajadas y Madre se enjugó los ojos. Luego preguntó a Padre qué haría primero y él le respondió:

—Creo que será mejor que comience con las botas de Almanzo.

Almanzo apenas podía creerlo: hacía mucho tiempo que deseaba tener botas. Había pensado que tendría que llevar mocasines hasta que los pies dejaran de crecerle.

—Estás malcriando al chico, James —dijo Madre.

—Ya es bastante mayor para calzar botas —respondió Padre.

Almanzo ardía de impaciencia porque el zapatero comenzase.

Primero el hombre examinó toda la madera que había en la leñera buscando un trozo de arce perfectamente seco y con un grano fino y uniforme. Cuando lo encontró, cogió su pequeña sierra y cortó dos planchas delgadas: una de exactamente una pulgada de grueso y, la otra, de media pulgada. Las midió y aserró redondeando sus esquinas.

Se llevó las piezas a su banco, se instaló y abrió su caja de herramientas. Estaba dividida en pequeños compartimientos en los que aparecían pulcramente depositadas toda clase de instrumentos necesarios.

El hombre dejó la gruesa plancha de arce delante suyo, en el banco. Cogió un largo y afilado cuchillo e hizo pequeñas aristas en la parte superior. Luego le dio la vuelta y cortó aristas en el otro lado, formando puntas pequeñas y puntiagudas.

Introdujo el borde de un cuchillo fino y recto en la ranura formada entre dos aristas y suavemente la golpeó con un martillo desprendiendo una delgada tira de madera que formó una muesca a todo lo largo en un lado. Movió el cuchillo y fue golpeando hasta convertir toda la madera en tiras. Luego, sosteniendo una tira por un extremo, golpeó en las muescas con su cuchillo desprendiendo en cada ocasión una clavija. Cada clavija era de una pulgada de longitud, un octavo de una pulgada cuadrada y estaba protegido en su extremo.

Con la pieza más delgada de arce también hizo clavos, en esta ocasión de media pulgada de longitud.

Ahora ya estaba en condiciones de tomar medidas a Almanzo para hacerle sus botas.

Almanzo se descalzó los mocasines y calcetines y se puso sobre un trozo de papel mientras el hombre dibujaba cuidadosamente el contorno de sus pies con un gran lápiz. Luego tomó medidas en todas direcciones y anotó las cifras.

Ya no necesitaba a Almanzo para nada más, por lo que éste ayudó a Padre a pelar el maíz. Tenía un pequeño clavo de descascarar como el de mayores dimensiones que utilizaba su padre. Se sujetó la tira en torno a su mitón derecho y la clavija de madera se quedó enhiesta como un dedo más entre el pulgar y el índice.

Padre y él se sentaron en los bancos de ordeñar, en el frío patio, junto a las gavillas de maíz, arrancaron las mazorcas de los tallos, desprendieron las puntas de las secas cáscaras entre el pulgar y el clavo y pelaron las cáscaras de la mazorca de maíz arrojando en cestos las espigas vacías. Los tallos y las crujientes y largas y secas hojas las amontonaban para alimento del ganado joven.

Cuando habían pelado todas las mazorcas que estaban a su alcance, adelantaron los bancos y fueron avanzando lentamente entre las amontonadas gavillas de maíz. Cáscaras y tallos se apilaban tras ellos. Padre vaciaba los cestos llenos en los recipientes de grano que se iban llenando.

En el patio no hacía mucho frío. Los grandes establos quedaban aislados de los fríos vientos y la nieve seca se desprendía de los tallos de maíz.

Cuando a Almanzo le dolían los pies, pensaba en sus botas nuevas. Ardía de impaciencia de que llegase la hora de cenar para ver qué había hecho el zapatero.

Aquel día el zapatero había tallado dos hormas de madera del tamaño de los pies de Almanzo. Las colocó boca abajo de un alto clavo en su banco y las partió por la mitad.

A la mañana siguiente el zapatero cortó las suelas de la parte gruesa del centro del cuero y otras interiores de la parte más delgada próxima al borde. Las cañas las obtuvo del cuero más suave. Luego enceró el hilo.

Extendió con la derecha un cabo de lino sobre una bola de negra cera que tenía en la mano izquierda y enrolló el hilo en su diestra, por la parte delantera de su delantal de cuero. Luego estiró y enrolló de nuevo el hilo. La cera producía un crujiente sonido y los brazos del hombre iban y venían dentro y fuera hasta que el hilo estuvo encerado, brillante, negro y tieso.

Seguidamente aplicó una erizada y dura cerda en cada extremo, lo enceró y estuvo enrollando y encerando hasta que las cerdas se quedaron unidas al hilo.

Por fin estaba dispuesto para coser. Unió la caña de una bota y la sujetó con un torno. Los extremos sobresalían, lisos y firmes. El zapatero hizo un agujero en ellos con su lezna, pasó las dos cerdas por él una a cada lado y con sus fuertes brazos tensó el hilo. Hizo otro agujero, pasó los dos cabos por él y tiró del hilo encerado hasta que quedó hundido en el cuero: aquél era el primer punto.

—¡Esto es una costura! —dijo—. Con mis botas no se te mojarán los pies aunque vayas a vadear con ellas. Nunca he cosido una costura que no resistiera el agua.

Punto a punto cosió las cañas. Cuando estuvieron concluidas, puso las suelas en remojo toda la noche.

A la mañana siguiente colocó una de las hormas en su clavo con la suela hacia arriba. Aplicó la suela interior de cuero. Puso la parte superior de la bota sobre ella doblando los bordes sobre la suela interior. Luego instaló la suela gruesa encima y allí, boca abajo en la horma, estaba la bota.

El hombre hizo una serie de agujeros con su lezna alrededor del borde de la suela, en cada uno de los cuales fijó uno de los clavos cortos de arce. Hizo una suela de grueso cuero y la unió en su lugar correspondiente con los clavos largos. La bota estaba hecha.

Las suelas mojadas tuvieron que secarse aquella noche. Por la

mañana el zapatero sacó las hormas y con escofina pulió los extremos interiores de los clavos.

Almanzo se probó las botas: le ajustaban perfectamente y pisaba con fuerza con ellas en el suelo de la cocina.

El sábado por la mañana Padre fue a Malone para traer a casa a Alice, Royal y Eliza Jane a fin de que el zapatero les tomase medidas para sus nuevos zapatos. Madre guisó una espléndida comida para ellos y Almanzo estuvo merodeando por la entrada deseando volver a ver a Alice. Comprobó que no había cambiado lo más mínimo; antes de saltar de la calesa exclamó:

—¡Oh, Almanzo, llevas botas nuevas!

Estudiaba para ser una dama distinguida. Habló a Almanzo de sus lecciones de música y comportamiento, pero se alegró de volver a estar en casa.

Eliza Jane estaba más mandona que nunca. Dijo que las botas de Almanzo hacían demasiado ruido. Incluso comentó a Madre que le disgustaba que Padre se tomara el té en su platillo.

—¡Cielos! ¿Cómo iba a enfriarlo si no? —preguntó Madre.

—Ya no está de moda beber en los platillos —repuso Eliza Jane—. La gente elegante bebe en taza.

—¡Eliza Jane! —exclamó Alice—. ¡Deberías avergonzarte! Considero que Padre es más elegante que nadie.

Madre interrumpió su trabajo. Sacó las manos del barreño y se volvió enfrentándose con la muchacha.

—Joven dama —dijo—, si tienes que demostrar tu fina educación, dime de dónde proceden los platillos.

Eliza Jane abrió la boca y la cerró sintiéndose ridícula.

—Vienen de China —declaró Madre—. Los marinos holandeses los trajeron de allí hace doscientos años, la primera vez que los marineros navegaron por el Cabo de Buena Esperanza y descubrieron aquel país. Hasta aquel momento la gente bebía en tazas, ni siquiera tenían platillo. Desde entonces se utilizan y se bebe en ellos. Supongo que una cosa que la gente ha estado haciendo durante doscientos años puede seguir haciéndola. No es probable que cambien por una teoría moderna que hayas adoptado en la academia de Malone.

Aquello hizo callar a Eliza Jane.

Royal no hablaba mucho, se puso ropas viejas e hizo su parte de tareas, pero no parecía interesado en ellas y aquella noche en la cama confesó a Almanzo que quería ser tendero.

—Serás bien tonto si esclavizas toda tu vida en una granja —concluyó.

—Me gustan los caballos —repuso Almanzo.

—¡Pues vaya! Los tenderos también tienen caballos —repuso Royal, visten bien cada día, van limpios y salen por ahí con su coche y su tronco de caballos. En las ciudades hay gente que incluso tiene cocheros que los llevan.

Almanzo no dijo nada, pero no deseaba tener cochero. Quería domar potros y conducir él mismo sus propios caballos.

A la mañana siguiente todos fueron a la iglesia y dejaron a Royal, Eliza Jane y Alice en la Academia. Sólo el zapatero regresó a la granja. Cada día silbaba y trabajaba en su banco del comedor hasta que hubo concluido todas las botas y zapatos. Permaneció allí dos semanas y cuando cargó su banco y herramientas en su calesa y marchó en busca de su siguiente cliente, la casa quedó de nuevo silenciosa y vacía.

—Bien, hijo —dijo Padre aquella noche a Almanzo—. Ya hemos pelado el maíz. ¿Qué te parece si mañana hacemos un trineo para Estrella y Brillante?

—¡Oh, Padre! —exclamó el muchacho—. ¿Me dejarás cargar madera del bosque este invierno?

A Padre le brillaron los ojos.

—¿Para qué si no necesitarías un trineo? —preguntó.

Capítulo Veinticuatro

EL PEQUEÑO TRINEO

A la mañana siguiente, cuando Almanzo marchó con su padre hacia el bosque, caía la nieve. Gruesos copos revoloteaban como plumas formando un velo por doquier y si uno estaba solo y escuchaba conteniendo el aliento, percibía el suave y leve rumor que producían en su caída.

Padre y Almanzo avanzaron por la nieve caída en el bosque buscando robles rectos y pequeños. Cuando encontraban uno, Padre lo talaba y podaba las ramas y Almanzo las amontonaba ordenadamente. Luego ambos cargaban los pequeños troncos en el trineo. A continuación buscaron dos arbolitos retorcidos para hacer los deslizadores curvados. Debían tener unas cinco pulgadas de uno a otro extremo, la punta arqueada, y seis pies de altura antes de que comenzaran a curvarse. Era difícil encontrarlos: en todo el bosque no había dos árboles iguales.

—No encontrarías dos iguales en todo el mundo, hijo —dijo Padre—, ni siquiera dos hojas de hierba lo son. Cuando te fijas, todo es diferente entre sí.

Habían escogido dos árboles bastante parecidos. Padre los taló y Almanzo le ayudó a cargarlos en el trineo. Llegaron a casa a la hora de comer. Aquella tarde Padre y Almanzo construyeron el pequeño trineo en la Era del Gran Establo. Primero Padre cortó y alisó los fondos de los deslizadores y vació la curva de sus partes delanteras inclinándolas hacia arriba. Exactamente detrás de la curva cortó un trozo en lo alto y otro trozo próximo a los extremos posteriores. Luego aserró dos tablas para los travesaños.

Los hizo de diez pulgadas de ancho, tres de alto y cuatro pies de largo. Debían sostenerse en el borde. Recortó las esquinas para que ajustaran sobre las partes lisas de lo alto de los deslizadores. Entonces hizo una curva en los bordes inferiores para que se deslizasen sobre el espesor de nieve en medio de las carreteras.

Colocó los deslizadores uno junto al otro a tres pies y medio de distancia y puso los travesaños sobre ellos, pero aún no los sujeté.

Cortó dos planchas de seis pies de longitud y lisas por ambos lados y las puso también en los travesaños sobre los deslizadores.

Seguidamente atravesó la plancha y el travesaño con un taladro llegando hasta el deslizador. Agujereó próximo a la plancha y el taladro hizo medio agujero a un lado, haciendo asimismo en el otro lado otro agujero.

Introdujo en los agujeros fuertes clavos de madera que atravesaron la plancha, entraron en el deslizador y se ajustaron firmemente en los medios agujeros de ambos lados de la plancha. Sendos clavos sostenían la plancha, el travesaño y el deslizador firmemente a un lado del trineo.

Agujereó asimismo las tres esquinas restantes que Almanzo sujetó con clavos. Con aquello concluyó el cuerpo del pequeño trineo.

Seguidamente Padre hizo un agujero transversal en cada desli-

zador, cerca del travesaño delantero. Descortezó el esbelto tronco y afiló sus extremos de modo que entrasen en los agujeros.

Almanzo y Padre separaron los extremos curvos de los deslizadores lo máximo posible y Padre introdujo los extremos del palo en los agujeros. Cuando lo soltaron, los deslizadores sostenían firmemente el palo entre sí.

Entonces Padre hizo dos agujeros en el palo cerca de los deslizadores y que debían sostener la lengua. Para confeccionar ésta utilizaron un olmo joven, por ser su madera más resistente y flexible que la del roble. El arbolito tenía diez pies de longitud de uno a otro extremo. Padre deslizó una anilla metálica por la punta y la claveteó hasta que ajustó exactamente a dos pies y medio de un extremo. Seguidamente partió el extremo por la mitad hasta la anilla metálica, lo que impidió que siguiera resquebrajándose.

Afiló los extremos cortados y separó y metió el palo del travesaño en los agujeros. Luego agujereó el palo en ambos extremos de la lengua y fijó los clavos en los agujeros.

Cerca de la punta de la lengua introdujo un barrote metálico que la mantenía sujeta hacia abajo. La punta de la lengua entraría por la anilla metálica hasta el fondo del yugo y, cuando los terneros retrocedieran, la anilla apretaría el barrote y la firme lengua empujaría el trineo hacia atrás.

Ya estaba hecho el trineo. Aunque casi era hora de realizar las tareas, Almanzo no quería abandonarlo hasta que tuviera su bastidor de madera. De modo que Padre agujereó rápidamente los extremos de la plancha hasta los travesaños y en cada agujero Almanzo introdujo una estaca de cuatro pies de longitud. Aquellos altos palos que se levantaban en las esquinas del trineo sostendrían los leños cuando cargara madera en el bosque.

Aquella noche, mientras Almanzo y Padre llevaban los cubos de leche a casa, la tormenta arreciaba, la nieve caía en remolinos y el viento soplaba con solitario gemido.

Almanzo deseaba que nevara intensamente para poder comenzar a acarrear madera con su nuevo trineo, pero Padre escuchó la tormenta y dijo que al día siguiente no podrían trabajar al aire libre. Tendrían que quedarse bajo techado, de modo que podrían comenzar a trillar el grano.

Capítulo Veinticinco

LA TRILLA

Soplaba el viento arremolinando la nieve y desde los cedros llegaba un sonido quejumbroso. Los esqueletos de los manzanos crujían como huesos. Afuera todo era oscuro, ruidoso, salvaje y borrascoso.

Pero en los sólidos y firmes establos reinaba la calma. La tormenta los azotaba, pero sus muros permanecían impasibles, manteniendo cálido su interior.

Cuando Almanzo pasó el cerrojo a sus espaldas, el ruido de la tormenta quedó amortiguado en la confortable tranquilidad de los establos. El ambiente era apacible. Los caballos se volvieron en sus cuadras y relincharon suavemente; los potros agitaron las cabezas y piafaron; las vacas permanecían alineadas rumiando y agitando plácidamente sus frondosas colas.

Almanzo acarició las suaves testeras de los caballos y miró ansioso a los potros de vivos ojos. Luego fue al cobertizo en que se guardaban las herramientas donde Padre reparaba un mayal. El mayal se había desprendido del mango y Padre lo había arreglado. Se trataba de un palo de hierro de tres pies de longitud y de contorno tan grueso como el mango de una escoba, con un agujero que atravesaba su extremo. El mango tenía cinco pies de longitud y uno de sus extremos consistía en una perilla redonda.

Padre pasó una tira de cuero por el agujero del mayal y remachó sus extremos para formar un bucle. Tomó otra tira de cuero, cortó una rendija en ambos extremos, la pasó por el bucle de cuero del mayal y luego introdujo las rendijas sobre el redondeado extremo del mango.

El mayal y el mango quedaban sueltos, pero unidos por los dos bucles de cuero de modo que podían oscilar fácilmente en todas direcciones.

El mayal de Almanzo era como el de Padre, pero nuevo, y no necesitaba ser reparado. Cuando el de Padre estuvo dispuesto, fueron a la Era del Establo Sur.

Aún se distinguía allí un débil olor a calabazas, aunque el ganado se las había comido todas. El montón de hojas de haya despedía olor a bosque y el trigo un olor seco a paja. Afuera el viento ululaba y la nieve caía en remolinos, pero la Era del Establo Sur era cálida y tranquila.

Padre y Almanzo soltaron varias gavillas de trigo y las extendieron por la madera limpia del suelo.

Almanzo preguntó a Padre por qué no alquilaban la trilladora que habían traído al campo tres hombres el otoño pasado. Padre había ido a ver cómo trituraba el grano de una cosecha en pocos días.

—Ése es un sistema de trillar para perezosos —dijo Padre—. La apresuración comporta pérdidas, pero los perezosos prefieren que su trabajo se haga de prisa antes que hacerlo ellos mismos. Esa máquina tritura la paja de modo que no resulta adecuada para alimentar ganado, desperdicia el grano y lo estropea. Todo eso ahorra tiempo, hijo. ¿Pero de qué sirve el tiempo si no hay nada que hacer? ¿Quieres sentarte y estar mano sobre mano todo este tempestuoso invierno?

—No —repuso Almanzo. Ya tenía bastante con los domingos.

Extendieron dos o tres pulgadas de trigo sobre el suelo, se pusieron uno frente a otro y cogieron los mangos de sus mayales con ambas manos haciéndolos oscilar sobre sus cabezas y abatiéndolos en el grano. Padre golpeaba y luego Almanzo; seguía Padre y de nuevo Almanzo: tris, tras, tris, tras. Era como el golpeteo de un tambor. Tris, tras, tris, tras.

Los granos de trigo se desprendían de las pequeñas cáscaras y caían entre la paja que despedía un tenue y agradable olor como el de los campos en sazón bajo el sol.

Aún no se había cansado Almanzo de blandir el mayal cuando llegó el momento de usar las horcas. Alzaba ligeramente la paja, la agitaba y luego la arrojaba a un lado. Los dorados granos de trigo quedaban diseminados por el suelo. Almanzo y Padre extendieron más gavillas y seguidamente volvieron a coger sus mayales.

El grano desprendido formó una espesa capa en el suelo y Almanzo lo apartó a un lado con una gran raedera de madera.

Durante todo aquel día el montón de grano fue en aumento. Poco antes de la hora de realizar sus tareas, Almanzo barrió el suelo ante la aventadora. Y Padre echó trigo con palas en la tolva, mientras el muchacho giraba la manecilla de la aventadora.

Las paletas giraban dentro del molino, una nube de paja salía por la parte delantera y los granos de trigo limpio brotaban por un lado y se deslizaban hacia el suelo formando un creciente montón. Almanzo se metió un puñado en la boca y lo masticó: eran dulces y duraban mucho rato.

Estaba mascando mientras sostenía los sacos de grano que Padre llenaba. Seguidamente apoyaba los sacos llenos en hilera contra la pared: aquélla había sido una buena jornada de trabajo.

—¿Quieres que pasemos algunos hayucos? —propuso Padre.

De modo que echaron las hojas de haya en la tolva y de nuevo las paletas giraron separando las hojas y vertiendo los pardos y triangulares frutos. Almanzo recogió un cuarto de *bushel* para comerlos aquella noche junto a la estufa.

Luego marchó silbando a hacer sus tareas.

Durante todo el invierno, en días tormentosos, se dedicaban a trillar. Cuando el trigo estuvo trillado, se dedicaron a la avena, las habichuelas y los guisantes del Canadá. Tenían mucho grano para alimentar el ganado y mucho trigo y centeno para llevar al molino y convertirlo en harina. Almanzo había gradado los campos, había ayudado en la cosecha y ahora trillaba.

Alimentó a las tranquilas vacas, a los impacientes caballos que gimoteaban sobre las barras de sus establos, a las hambrientas y baladoras ovejas y a los cerdos gruñones y sintió como si les dijera:

—Podéis contar conmigo: soy fuerte para cuidar de todos vosotros.

Luego cerró suavemente la puerta a sus espaldas dejándoles alimentados, confortables y cómodos para pasar la noche y marchó dificultosamente entre la tormenta en busca de la excelente cena que le aguardaba en la cocina.

Capítulo Veintiséis

NAVIDAD

Durante mucho tiempo pareció que nunca iba a llegar Navidad. En Navidad, tío Andrew y tía Delia, tío Wesley y tía Lindy, y todos los primos venían a comer. Era la mejor comida de todo el año y los chicos buenos podían encontrarse algo en su media; los malos sólo encontraban varapalos la mañana de Navidad. Almanzo se pasaba tanto tiempo esforzándose por ser bueno, que casi no podía resistir la tensión.

Pero por fin llegó el día anterior a Navidad y Alice, Royal y Eliza Jane regresaron al hogar. Las niñas limpiaron toda la casa y Madre horneó. Royal ayudó a Padre a trillar, pero Almanzo se vio obligado a colaborar en la casa. Recordaba el varapalo y trataba de ser voluntarioso y complaciente.

Tuvo que fregar los cuchillos y tenedores de acero y pulir la plata. Se ató un delantal al cuello, cogió el ladrillo de fregar y lo rascó extrayendo un montón de polvo rojo de él y luego, con un trapo húmedo, frotó con aquel polvo los cuchillos y tenedores.

La cocina estaba impregnada de deliciosos olores. El pan recién cocido se estaba enfriando. Las estanterías de la despensa estaban llenas de bollos helados, tortas, empanadillas y pasteles de calabaza. Los arándanos borboteaban en el horno: Madre estaba haciendo el relleno para la oca.

Afuera el sol brillaba en la nieve. Los carámbanos destellaban a lo largo de los aleros. A lo lejos sonaban débilmente las campanillas de los trineos y desde los establos llegaba el alegre tris tras de los mayales.

Cuando todos los cuchillos y tenedores de acero estuvieron limpios, Almanzo pulió tranquilamente la plata.

Luego tuvo que correr al ático en busca de salvia, bajar al sótano por manzanas y volver a subir por cebollas. Llenó la leñera y fue corriendo entre el frío a recoger agua con la bomba. Pensó que quizás ya habría acabado por lo menos por un rato, pero no fue así. Aún tenía que pulir la parte de la estufa que daba al comedor.

—Tú harás el lado del gabinete, Eliza Jane —dijo Madre—. A Almanzo podría caérsele el betún.

Al muchacho se le revolvieron las entrañas. Comprendía lo que sucedería si Madre supiera lo de la mancha negra oculta en la pared del gabinete. No deseaba encontrarse con un varapalo en su media de Navidad, pero lo hubiera preferido antes de que su padre le condujese a la leñera.

Aquella noche todos estaban cansados y la casa tan limpia y reluciente que nadie se atrevía a tocar nada. Después de cenar, Madre puso la oca grande con su relleno y el lechón en el horno para que se asaran lentamente toda la noche. Padre ajustó los reguladores y dio cuerda al reloj, Almanzo y Royal colgaron sus calcetines limpios en el respaldo de la silla y Alice y Eliza Jane unas medias nuevas en el respaldo de otra silla.

Luego todos cogieron las velas y se fueron a la cama.

Aún reinaba la oscuridad cuando Almanzo despertó. Estaba excitado y de pronto recordó que era la mañana de Navidad. Echó atrás las mantas y saltó sobre algo vivo que se revolvió: era Royal. Había olvidado que su hermano estaba allí. Pasó rápidamente sobre él gritando:

—¡Navidad, Navidad! ¡Feliz Navidad!

Y se puso los pantalones sobre el camisón. Royal saltó del lecho y encendió la vela que cogió Almanzo.

—¡Eh, aguarda! —gritó Royal—. ¿Dónde están mis pantalones?

Pero Almanzo ya bajaba corriendo la escalera. Alice y Eliza Jane salían precipitadamente de su habitación, mas su hermano les tomó la delantera. Vio que su calcetín pendía pesadamente, dejó la vela y lo cogió. Lo primero que encontró fue una gorra ¡una gorra de compra!

La tela a cuadros había sido tejida a máquina y también el forro, incluso las costuras habían sido cosidas a máquina. Y las orejeras se abrochaban en la parte superior.

Almanzo gritó: nunca hubiera imaginado que pudiera tener semejante gorra. La miraba por dentro y por fuera y palpaba la tela y el brillante forro. Se la puso. Era algo grande porque él estaba creciendo, de modo que podría llevarla mucho tiempo.

Eliza Jane y Alice también rebuscaban en sus medias y gritaban. Y Royal había encontrado una bufanda de seda. Almanzo volvió a meter la mano y sacó un caramelo de marrubio cuya punta mordió. El exterior se deshizo en su boca como el azúcar de arce, pero el interior era duro y podría chuparlo durante horas.

Luego encontró un nuevo par de mitones. Madre había tejido los puños y dorsos con un punto elegante. También había una naranja y un paquetito de higos secos. Pensó que aquello era todo. No creía que ningún muchacho hubiera tenido mejores regalos de Navidad.

Pero en la punta del calcetín aún quedaba algo más, algo pequeño, duro y delgado. Almanzo no podía imaginar de qué se trataba. Lo sacó y comprobó que era una navaja de cuatro hojas.

Almanzo gritaba cada vez más. Abrió todas las hojas afiladas y brillantes y siguió gritando:

—¡Mira, Alice! ¡Mira, Royal! ¡Mirad, mirad mi navaja! ¡Mirad mi gorra!

Desde el oscuro dormitorio llegó la voz de Padre.

—Mirad el reloj —dijo.

Los niños miraron a Padre y se contemplaron unos a otros. Luego Royal levantó la vela y observaron el reloj en lo alto: sus manecillas señalaban las tres y media.

Ni siquiera Eliza Jane sabía qué hacer: habían despertado a Padre y Madre hora y media antes de lo debido.

—¿Qué hora es? —preguntó su padre.

Alice miró a Royal y ambos miraron a Eliza Jane. Ésta tragó saliva y abrió la boca disponiéndose a decir algo.

—¡Feliz Navidad, Padre! ¡Feliz Navidad, Madre! —exclamó Almanzo—. Son las tres y media, Padre.

El reloj hizo tic, tac, tic, tac, tic.

Padre rió entre dientes.

Royal abrió los registros de la estufa y Eliza Jane atizó el fuego de la cocina y puso la tetera a calentar. Cuando Padre y Madre se levantaran la casa estaría confortable y acogedora y disponían de una hora libre. Tenían tiempo para disfrutar de sus regalos.

Alice había recibido un relicario de oro y Eliza Jane unos pendientes granates. Madre les había tejido nuevos collares y mitones de negro encaje. Royal tenía su bufanda de seda y una magnífica cartera de cuero.

Pero Almanzo pensaba que él tenía los mejores regalos: era una Navidad maravillosa.

Entonces Madre comenzó a apresurarse y a dar prisas a todos. Había muchas tareas que hacer: desnatar la leche, colar y reservar la leche nueva, desayunarse y pelar verduras y debía ordenarse la casa y vestirse todos antes de que llegasen los invitados.

El sol se precipitaba por el cielo. Madre estaba en todas partes hablando constantemente: «¡Almanzo, lávate las orejas!», «¡Dios bendito, Royal, no vayas por ahí descalzo!», «¡Eliza Jane, recuerda que estás mondando patatas, no cortándolas a trozos! !Y no dejes tantos ojos que pueden saltar de la olla!» «¡Cuenta la plata, Almanzo, y júntala con los cuchillos y tenedores de acero!» «¡Por Dios, mirad qué hora es!»

Las campanillas de los trineos llegaban sonando por la carretera. Madre cerró la puerta del horno y corrió a cambiarse el delantal y a ponerse su broche. Alice bajó rápidamente y Eliza Jane subió y ambas dijeron a Almanzo que se arreglase el cuello. Padre llamaba a Madre para que le ayudara a ponerse la corbata. En aquel momento el trineo de tío Wesley se detuvo con un último tintineo de campanillas.

Almanzo salió corriendo y gritando y Padre y Madre fueron en pos suyo, tan tranquilos como si nunca en su vida se hubiesen apresurado.

Frank, Fred, Abner y Maud saltaron del trineo muy abrigados y antes de que tía Lindy hubiera entregado a Madre el bebé llegaba el trineo de tío Andrew. El patio estaba lleno de muchachos y la casa de miriñaques, y los tíos se sacudían la nieve de las botas y se quitaban las bufandas.

Royal y primo James condujeron los trineos junto con las calesas, desengancharon los caballos y los pusieron en los establos y cepillaron sus patas cubiertas de nieve.

Almanzo llevaba su gorra de compra y mostraba a los primos su navaja. La gorra de Frank ya estaba vieja y su navaja sólo tenía tres hojas.

Entonces Almanzo mostró a sus primos Estrella y Brillante y el pequeño trineo y les permitió rascar el grueso y blanco lomo de Lucy con un zuro. También les dijo que podían ir a ver a Estrella Luminosa si se comportaban juiciosamente y no lo asustaban.

El hermoso potro agitó su cola y se acercó elegante hacia ellos. De pronto apartó la cabeza y respingó al ver la mano de Frank introduciéndose entre los barrotes.

—¡Déjalo estar! —dijo Almanzo.

—Apuesto a que no te atreves a entrar y montarte en él —dijo su primo.

—Me atrevería, pero tengo sentido común —replicó Almanzo—. Y me consta que no debo estropear tan espléndido animal.

—¿Por qué iba a estropearse? —dijo Frank—. Lo que pasa es que temes que te haga daño. Sí, tienes miedo de ese potrillo.

—¡No tengo miedo! —dijo Almanzo—. Pero Padre no me lo permite.

—Si estuviera en tu caso, lo haría cuando quisiera. Tu padre no tendría por qué enterarse —replicó Frank.

Almanzo no respondió. Frank se subió en los barrotes del establo.

—¡Baja de ahí inmediatamente! —exclamó Almanzo asiéndole por la pierna—. ¡No asustes a ese potro!

—¡Le asustaré si quiero! —repuso Frank dando una patada.

Almanzo siguió tirando de él. Estrella Luminosa corría dando vueltas por el establo y Almanzo hubiese querido gritar y llamar a Royal, pero sabía que aún asustaría más al potro.

Apretó los dientes, dio un poderoso tirón y Frank cayó en el suelo. Todos los caballos se sobresaltaron y Estrella Luminosa retrocedió y se aplastó contra el pesebre.

—¡Voy a zurrarte por esto! —exclamó Frank levantándose.

—¡Inténtalo! —repuso Almanzo.

Royal llegó corriendo del Establo Sur. Cogió a Almanzo y a

Frank por los hombros y los obligó a salir afuera. Fred, Abner y John salieron en silencio tras ellos. A Almanzo le temblaban las rodillas: temía que Royal se lo dijera a Padre.

—¡Como os vuelva a ver tonteando con esos potros se lo diré a Padre y a tío Wesley que os zurrarán la badana! —dijo Royal.

Y sacudió enérgicamente a Almanzo y seguidamente a Frank. Luego golpeó sus cabezas entre sí. Almanzo vio las estrellas.

—¡Ya os enseñaré a pelear el día de Navidad! ¡Qué vergüenza! —exclamó Royal.

—¡Yo no quería que asustara a Estrella Luminosa! —dijo Almanzo.

—¡Cállate! —exclamó Royal—. ¡No seas chismoso! Y ahora comportaos u os arrepentiréis. Lavaos las manos, es hora de comer.

Entraron todos en la cocina y se lavaron las manos. Madre, las tías y las primas estaban sirviendo la comida de Navidad. Habían dado la vuelta y alargado la mesa, de modo que era casi tan larga como el comedor y cada pulgada de ella estaba llena de cosas buenas para comer.

Almanzo inclinó la cabeza y cerró los ojos mientras Padre bendecía la mesa. Fue una bendición larga porque era Navidad, pero por fin pudo abrir los ojos. Permaneció sentado y silencioso mirando la mesa.

Allí había un lechón crujiente y tostado en la bandeja azul, con una manzana en la boca; la oca asada, cuyos muslos asomaban enhiestos, y alrededor el relleno ensortijado. El sonido del cuchillo que se afilaba en la muela aún agudizó más su apetito.

Contempló el gran cuenco de gelatina de arándanos y la esponjosa montaña de puré de patatas de la que se deshacía y goteaba la mantequilla. El montón de puré de nabos, la dorada calabaza asada y las pálidas chirivías fritas.

Tragó saliva ansioso y trató de no seguir mirando. Pero no pudo evitar distinguir las patatas y cebollas fritas y las zanahorias a punto de caramelo, los triángulos de pastel que aguardaban junto a su plato: el sabroso pastel de calabaza, el blando pastel de nata y la rica y oscura carne picada que surgía de la corteza escamosa de la empanada. Apretó las manos entre las rodillas. Debía permanecer en silencio y aguardar, pero sentía un vacío doloroso en su interior. Los adultos de la cabecera de la mesa que debían ser servidos primero pasaban sus platos entre charlas y risas. El tierno cerdo sucumbió en lonchas bajo el trinchante de Padre, la blanca pechuga de la oca se desprendió trozo a trozo revelando el desnudo esternón, las cucharas recogían la clara gelatina de arándanos y la vertían sobre el puré de patatas y retiraban las oscuras salsas...

Almanzo tuvo que aguardar hasta el último momento. Era el más joven de todos, salvo Abner y los bebés, y Abner era una invitada.

Por fin llenaron su plato. El primer bocado le inspiró una grata sensación que fue en aumento a medida que comía, comía y comía. Engulló hasta que no pudo más y se sintió muy satisfecho interiormente. Pasó un rato mordisqueando lentamente su segundo trozo de pastel de frutas, luego se metió en el bolsillo el pedazo que le quedaba y salió a jugar.

Royal y James estaban tomando partido para jugar al fuerte de nieve. Royal escogió a Frank y James a Almanzo. Cuando los grupos estuvieron formados, se dedicaron a hacer bolas de nieve de los grandes montones que se levantaban junto al establo y que acumularon hasta que fueron casi tan altos como Almanzo. Entonces formaron un muro con ellas. Las apretujaron e hicieron un gran fuerte.

A continuación cada bando fabricó sus propias bolas de nieve. La soplaban y la apretujaban hasta formar una masa sólida. Hicieron docenas de consistentes bolas. Cuando estuvieron dispuestos para luchar, Royal tiró un palo al aire que recogió en su caída. James lo asió a su vez por encima de la mano de Royal, luego Royal puso la suya encima de la de James y así sucesivamente hasta llegar al final del palo. James fue el último en poner la mano, de modo que su bando se adueñó del fuerte.

¡Cómo volaban los proyectiles! Almanzo se encogía para esquivarlos y gritaba y lanzaba otros tantos con la mayor rapidez posible hasta que todos desaparecieron. Royal cargó sobre el muro con todo el enemigo tras de sí y Almanzo se levantó y asió a Frank y todos se precipitaron en la profunda nieve, fuera del muro, y rodaron una y otra vez golpeándose con todas sus fuerzas.

Aunque Almanzo tenía el rostro cubierto de nieve y la boca también llena, no soltaba a Frank y seguía atizándole. Frank consiguió derribarle, pero Almanzo logró escabullirse de debajo suyo. Su primo le golpeó en la nariz con la cabeza y comenzó a sangrarle. Mas no le importó. Estaba de nuevo encima suyo pegándole con todas sus fuerzas sobre el helado suelo y gritando constantemente: «¡Sopla, sopla!»

Frank gruñía y se retorcía tratando de evadirse. Rodó y Almanzo se puso sobre él. No podía sostenerse y pegarle, por lo que se apoyó en su cuerpo y le hundió el rostro cada vez más en la nieve mientras Frank resoplaba: «¡Nuff, nuff!»

Almanzo se arrodilló y vio a Madre en la puerta de casa.

—¡Chicos, chicos! —les llamó—. ¡Dejad de jugar! Es hora de que entréis y os calentéis.

Estaban acalorados, acalorados y jadeantes. Pero Padre y las tías pensaban que los primos debían caldearse antes de marchar a su casa, para protegerse del frío. Entraron todos sacudiéndose la nieve de los pies y Madre, al verlo, alzó las manos y exclamó:

—¡Dios mío!

Los adultos estaban en el gabinete, pero los chicos debían quedarse en el comedor para no mojar la alfombra y tampoco podían sentarse porque las sillas estaban cubiertas con las mantas de viaje que se calentaban junto a la estufa. Pero comieron manzanas y bebieron sidra de pie y Almanzo y Abner entraron en la despensa y apuraron restos de las bandejas.

Luego los tíos, las tías y los primos se pusieron los abrigos y se llevaron a los bebés dormidos del dormitorio envueltos en chales. Los trineos llegaron haciendo tintinear sus campanillas desde el establo y Padre y Madre ayudaron a arroparse a todos con sus mantas de viaje y a cubrirse los miriñaques.

—¡Adiós, adiós! —decían todos.

Durante algún rato aún se percibió el sonido de las campanillas. Luego se extinguió: la Navidad había acabado.

Capítulo Veintisiete

ACARREO DE LEÑA

En el mes de enero, cuando la escuela abrió como de costumbre, Almanzo no tuvo que ir: debía acarrear leña en el bosque.

En las heladas y frías mañanas, antes de que el sol saliera, Padre enganchaba los grandes bueyes a su trineo y Almanzo los añales al suyo más pequeño. Estrella y Brillante eran ya demasiado grandes para poder llevar el yugo pequeño y el mayor resultaba excesivo para que Almanzo pudiera manejarlo solo. Pierre le ayudaba a levantarlo sobre el cuello de Estrella y Louis empujaba a Brillante bajo el otro extremo.

Los añales habían permanecido ociosos todo el verano en los pastos y ahora no querían trabajar. Sacudían las cabezas, tiraban y retrocedían. Era difícil conseguir colocar los arcos en su sitio y sujetar las clavijas.

Almanzo tenía que ser paciente y amable. Acariciaba a los animales —aunque a veces hubiera deseado zurrarles—, los alimentaba con zanahorias y les hablaba con dulzura. Pero antes de que pudiera uncirlos y engancharlos a su trineo, Padre ya estaba de camino hacia el bosque.

Almanzo le seguía. Los añales obedecían cuando gritaba «¡Arre!» y se volvían a derecha o izquierda siguiendo sus órdenes y cuando restallaba su látigo. Avanzaban trabajosamente por la carretera, subiendo y bajando colinas, y Almanzo conducía su trineo llevando detrás suyo a Pierre y Louis.

Tenía ya diez años, conducía sus propios bueyes en su propio trineo e iba al bosque a acarrear leña.

La nieve se había acumulado a gran altura contra los árboles del bosque. Las ramas más bajas de los pinos y cedros quedaban enterradas en ella. No había carretera ni otras señales en el suelo excepto las huellas que dejaban las plumas de los pájaros y los confusos puntos por donde habían saltado los conejos. En lo más profundo de los bosques, se oía el metálico sonido de las hachas cortando.

Los grandes bueyes de Padre se sumergían en la nieve despejando el camino y los añales de Almanzo se abrían paso tras ellos. Cada vez se adentraban más entre la espesura hasta que llegaron al claro donde Joe el Francés y Perezoso John estaban talando árboles.

Los leños yacían por doquier semienterrados en la nieve. Joe y John los habían aserrado en fragmentos de quince pies de longitud y algunos de ellos tenían dos pies de grosor. Los enormes troncos eran tan pesados que seis hombres no hubieran podido levantarlos. Pero Padre tendría que cargarlos y llevárselos.

Detuvo su trineo junto a uno de ellos y Joe y John acudieron en su ayuda. Disponían de tres firmes palos llamados rodillos que metían bajo el tronco y lo ladeaban hacia el trineo. Entonces cogían otros palos especiales para manejar leña, con extremos afilados y grandes ganchos de hierro que pendían en su parte inferior.

Joe y John permanecían cerca de los extremos del leño, apoyaban contra él las afiladas puntas de los rodillos y, cuando los levantaban, los ganchos se hundían en el leño y rodaban un poco. Entonces Padre asía el madero por el centro con otro palo provisto de gancho y le impedía caer hacia atrás mientras Joe y John deslizaban rápidamente los palos debajo, que se clavaban de nuevo, hacían rodar un poco más el tronco que Padre volvía a sujetar y lo empujaban otra vez.

Conducían poco a poco el tronco rodando hasta los palos ladeados y seguidamente lo cargaban en el trineo.

Pero Almanzo no disponía de aquellos instrumentos para cargar los troncos.

Encontró tres leños rectos que podría utilizar como rodillos. Luego, valiéndose de otros más cortos, se dispuso a acarrear algunos troncos pequeños, de ocho o nueve pulgadas de grosor y unos diez pies de longitud, retorcidos y difíciles de manejar.

Almanzo situó a Pierre y Louis cerca de los extremos de un

tronco y se quedó en medio, como hacía Padre. Los muchachos lo empujaron y apalancaron hasta levantarlo jadeantes, empujando el madero sobre los rodillos. Era difícil porque sus palos no tenían ganchos y por consiguiente no podían sujetarlo.

De ese modo consiguieron cargar seis troncos. A continuación tenían que colocar otros encima, lo que hacía decantarse aún más los rodillos hacia arriba. El trineo de Padre ya estaba cargado y Almanzo se apresuró. Hizo restallar su látigo y apremió a Estrella y Brillante para que se acercaran al tronco más próximo.

Un extremo de éste era mayor que el otro, por lo que no rodaba fácilmente. Almanzo indicó a Louis que se colocara en el lado más pequeño y le dijo que no lo hiciese rodar demasiado deprisa. Pierre y Louis lo empujaron una pulgada, entonces Almanzo introdujo su palo debajo y lo sostuvo mientras Pierre y Louis volvían a hacerlo rodar hasta conseguir colocarlo en lo alto de los empinados rodillos.

Almanzo lo levantaba con todas sus fuerzas, apuntalando las piernas y sintiendo como si los ojos se le salieran de las órbitas, cuando de repente el tronco se le escapó.

El palo saltó de sus manos y le golpeó la cabeza. El tronco caía sobre él. Trató de apartarse, pero le hundió en la nieve.

Pierre y Louis gritaron desesperadamente. Almanzo no podía levantarse: estaba debajo. Padre y John acudieron en su auxilio y el muchacho se escabulló como pudo y consiguió ponerse en pie.

—¿Duele, hijo? —preguntó Padre.

Almanzo creía que iba a perder el sentido.

—No, Padre —consiguió articular.

Su padre le palpó brazos y piernas.

—Bien, bien, no se ha roto ningún hueso —dijo aliviado.

—Por fortuna la nieve es profunda —observó John—, de otro modo hubiera resultado malherido.

—Pueden producirse accidentes, hijo —dijo Padre—, ve con más cuidado la próxima vez. Los hombres deben cuidar de sí mismos en el bosque.

Almanzo deseaba tenderse. Le dolía la cabeza, el estómago y el pie derecho terriblemente. Pero ayudó a Pierre y Louis a enderezar el madero y en esta ocasión no trató de apresurarse. Consiguieron colocarlo perfectamente en el trineo, aunque no antes de que Padre marchase con su carga.

Almanzo decidió no cargar más por el momento. Saltó sobre la carga, restalló su látigo y gritó: «¡Arre!»

Estrella y Brillante tiraron con fuerza, pero el vehículo no se movió. Entonces Estrella trató a su vez de arrastrarlo, mas también renunció a ello. Volvió a probarlo Brillante y cedió, al tiempo que Estrella lo intentaba de nuevo. Ambos se detuvieron desanimados.

—¡Arre! ¡Arre! —seguía gritando Almanzo chasqueando el látigo.

Estrella lo probó de nuevo, luego Brillante a su vez. El trineo seguía sin moverse. Los terneros permanecían inmóviles.

Joe y John dejaron de aserrar y Joe se acercó al trineo.

—Llevas demasiada carga —le dijo—. Bajaos vosotros, chicos, e id andando. Y tú, Almanzo, habla a tus animales y hazlo dulcemente. Si no vas con cuidado, se te rebelarán.

Almanzo se apeó, acarició los cuellos de los añales y les rascó alrededor de los cuernos. Levantó un poco el yugo y les pasó la mano por debajo. Luego lo colocó suavemente en su sitio sin dejar de hablarles en ningún momento. A continuación se quedó junto a Estrella, restalló su látigo y gritó: «¡Arre!»

Estrella y Brillante arrastraron al unísono el trineo y éste se movió.

Almanzo hizo a pie todo el camino de regreso a casa. Pierre y Louis caminaban siguiendo la huellas que habían dejado los deslizadores, pero Almanzo avanzaba dificultosamente junto a Estrella por la blanda y profunda nieve.

Cuando llegó a la montaña de leña de casa, Padre dijo que había hecho muy bien saliendo del bosque.

—La próxima vez, hijo mío, te guardarás mucho de poner tan pesada carga antes de que se abra el camino —dijo Padre—. Estropearás una yunta de bueyes si les dejas en la atascada. Se convencerán de que no pueden arrastrar la carga y dejarán de intentarlo. Después de eso, no harán nada bueno.

Almanzo no pudo comer. Se sentía mareado y le dolía el pie. Madre pensaba que quizás debería dejar de trabajar, pero el muchacho no consintió que un pequeño accidente le detuviera.

Aún así, marchaba con lentitud. Antes de llegar al bosque se cruzó con su padre que regresaba con una carga. Sabía que un trineo vacío siempre debía dejar paso a otro cargado. De modo que restalló su látigo y gritó: «¡Derecha!»

Estrella y Brillante giraron a la derecha y antes de que Almanzo pudiera decir palabra se habían hundido en la profunda nieve de la zanja. No sabían abrir camino como los grandes bueyes. Resoplaban, tropezaban y se sumergían hundiendo cada vez más el vehículo. Los pequeños bueyes trataban de volverse pero el retorcido yugo amenazaba con asfixiarles.

Almanzo se debatía entre la nieve tratando de alcanzar las cabezas de los añales.

Padre se volvió y le observó mientras marchaba. Luego fijó su vista adelante y siguió en dirección a la casa.

Almanzo asió a Estrella por la cabeza y le habló dulcemente. Pierre y Louis sujetaron a Brillante y los añales dejaron de hundirse: mas sólo sus cabezas y lomos aparecían sobre la nieve.

Almanzo lanzó un juramento.

Tuvieron que excavar para desenterrar a los terneros y el trineo. No tenían palas y se vieron obligados a retirar toda aquella nieve con manos y pies: no podían hacer otra cosa.

Les costó largo rato, pero a puñados y patadas despejaron un camino delante del trineo y de los novillos. Patearon con fuerza y alisaron el suelo ante los deslizadores. Almanzo enderezó la lengua, la cadena y el yugo.

Tuvo que sentarse a descansar un momento, pero luego se levantó, acarició a Estrella y Brillante y les habló dándoles ánimos. Cogió una manzana de Pierre, la partió por la mitad y se la dio a los novillos. Cuando se la hubieron comido, restalló el látigo y gritó alegremente: «¡Arre!»

Pierre y Louis empujaron el vehículo con todas sus fuerzas y éste se puso en marcha. Almanzo siguió gritando y restallando su látigo. Estrella y Brillante tiraron del trineo y lo arrastraron. Salieron de la zanja y se lo llevaron tras de sí dando un bandazo.

Aquel problema lo había superado Almanzo por sí solo.

El camino de los árboles estaba perfectamente abierto y en esta ocasión el muchacho no cargó tantos leños en el trineo. Así llegó a casa con su carga llevando a Pierre y Louis sentados tras él.

Vio venir a Padre por la larga carretera y se dijo que en esta ocasión era él quien debía apartarse para dejarle paso.

Estrella y Brillante avanzaban deprisa y el trineo se deslizaba velozmente por el blanco camino. El látigo de Almanzo chasqueaba sonoramente en el aire helado. Cada vez se aproximaban más los grandes bueyes y Padre montado en el gran trineo.

Evidentemente tenía preferencia de paso el trineo cargado de Almanzo, pero quizás Estrella y Brillante recordaron que antes habían volcado o tal vez creyeron que debían ser corteses con los bueyes adultos. El caso fue que inesperadamente se desviaron de la carretera.

Un deslizador del trineo se hundió en la blanda nieve y seguidamente se volcó el vehículo con su carga y los chicos cayeron patas arriba en confuso montón.

Almanzo fue por los aires y se sumergió en la nieve.

Se revolvió, trepó y subió confusamente a la superficie. Su trineo estaba en el arcén, los leños diseminados y verticales entre los montones de nieve. Se veía un caos de patas y de flancos marrones rojizos semienterrados en la nieve mientras que los grandes bueyes de Padre pasaban tranquilamente por su lado.

Pierre y Louis salieron a la superficie jurando en francés. Padre detuvo su marcha y se apeó del trineo.

—Bien, bien, bien, hijo —dijo—, parece que volvemos a encontrarnos.

Almanzo y Padre miraban a los añales: Brillante yacía sobre Estrella, sus patas, la cadena y la lengua del trineo se confundían totalmente y el yugo estaba sobre las orejas de Estrella. Los añales yacían quietos, demasiado resentidos para intentar moverse. Padre ayudó a desenredarlos y a ponerlos en pie: estaban ilesos.

Les ayudó asimismo a levantar el vehículo y cargó los troncos de nuevo valiéndose de los palos de su trineo a modo de rodillos y de los de Almanzo. Luego se quedó atrás vigilante, sin decir palabra, mientras Almanzo uncía a Estrella y Brillante, les acariciaba y animaba con cariñosas palabras y les hacía tirar de la inclinada carga por el borde de la zanja y ponerse a salvo en la carretera.

—¡Así se hace, hijo! —exclamó Padre—. Cuando uno se cae, se levanta.

Y marchó hacia el bosque mientras Almanzo seguía su camino en dirección a la casa para seguir amontonando la leña.

Durante aquella mañana y la siguiente estuvo acarreando madera del bosque. Aprendía a ser un buen conductor de bueyes y acarreador. Cada día le dolía un poco menos el pie y por último apenas cojeó. Ayudó a Padre a cargar un enorme montón de maderos para ser aserrados, cortados y encordelados en la leñera.

Luego, una noche, Padre anunció que ya contaban con el suministro de leña del año y Madre dijo que era hora de que Almanzo volviera a la escuela si tenía que conseguir alguna instrucción aquel invierno.

El muchacho objetó que había que trillar y que los jóvenes terneros necesitaban ser domados.

—¿Para qué tengo que ir a la escuela? —objetó—. Sé leer y escribir y no quiero ser maestro ni tendero.

—Sabes leer y escribir —dijo Padre lentamente—, pero ¿y calcular?

—Sí, Padre —repuso Almanzo—. Sé... un poco.

—Un granjero debe saber más que eso, hijo. Mejor será que vayas la escuela.

Almanzo no añadió nada más: sabía que sería inútil. A la mañana siguiente cogió su fiambrera y fue a la escuela.

Aquel año su asiento estaba más atrás, de modo que tenía una mesa para sus libros y pizarra. Estudió esforzadamente para aprender toda la aritmética, porque cuanto antes la supiera, antes dejaría de ir a la escuela.

CAPÍTULO VEINTIOCHO

EL BILLETERO DE MÍSTER THOMSON

Padre tenía tanto heno aquel año que el ganado no podría consumirlo todo, por lo que decidió vender parte de él en la ciudad. Fue al bosque y volvió con un tronco de fresno liso y recto. Lo descortezó y luego, con un mazo de madera, lo estuvo golpeando, girándolo continuamente hasta que ablandó la capa de madera que había crecido el verano anterior y la desprendió, así como la delgada capa de madera inferior que había crecido hacía dos veranos.

Seguidamente practicó largas incisiones con su navaja de un extremo a otro del tronco a pulgada y media de distancia, y desprendió aquella delgada y fuerte capa de madera en tiras de pulgada y media de ancho: aquéllos serían los mimbres.

Cuando Almanzo los vio amontonados en el suelo en la Era del Gran Establo supuso que Padre iba a embalar heno.

—¿Necesitarás ayuda? —le preguntó.

A Padre le brillaron los ojos.

—Sí, hijo —dijo—. Puedes quedarte en casa y no ir a escuela. Ya eres bastante mayor para aprender a embalar heno.

A temprana hora del día siguiente llegó míster Weed, el embalador de heno con su prensa, y Almanzo le ayudó a instalarla en la Era del Gran Establo. Era una sólida caja de madera, larga y ancha como una bala de heno, pero de diez pies de altura. La tapa se

185

ajustaba consistentemente y el fondo estaba suelto, con dos palancas sujetas con goznes y que corrían sobre unas ruedecitas en las guías metálicas que surgían de cada extremo de la caja.

Las guías eran como pequeñas vías de ferrocarril y la prensa se llamaba «prensa de ferrocarril». Era una nueva y magnífica máquina para embalar heno.

Padre y míster Weed colocaron un cabestrante en el patio con una ala alargada. Una cuerda del cabestrante pasaba por una anilla bajo la prensa de heno y estaba atada a otra cuerda que iba hasta las ruedas situadas en el extremo de las poleas.

Cuando todo estuvo dispuesto, Almanzo enganchó a Bess en el ala, Padre llenó de heno la caja y míster Weed se puso de pie encima y la pisoteó hasta que no cupo más. Entonces sujetó la tapa en la caja.

—¡Adelante! —dijo Padre entonces.

Almanzo arreó a Bess con las riendas y gritó: «¡Arre!» Bess comenzó a dar vueltas en torno al cabestrante que comenzó a enrollar la cuerda. Ésta tiraba de los extremos de las poleas hacia la prensa y los extremos interiores de las palancas empujaban hacia arriba el fondo suelto que subía lentamente apretujando el heno. La cuerda y la caja crujieron hasta que el contenido estuvo tan apretujado que no cupo más. Entonces Padre gritó: «¡Basta!», y Almanzo exclamó: «¡So!»

Padre se subió a la prensa y pasó los mimbres por las estrechas rendijas de la caja, los tensó y los ató con fuerza.

Míster Weed soltó la tapa y la bala saltó por encima, apretada por los tensos mimbres. Pesaba doscientas cincuenta libras, pero Padre la levantó fácilmente.

Entonces él y míster Weed prepararon de nuevo la prensa. Almanzo soltó la cuerda del cabestrante y volvieron a hacer otra bala de heno. Trabajaron todo el día y, al llegar la noche, Padre dijo que ya habían embalado bastante. Almanzo se sentó a cenar deseando no tener que volver a la escuela. Calculaba mentalmente y lo hacía con tal intensidad que las palabras surgieron de su boca sin darse cuenta.

—Cada carga son treinta balas, a dos dólares la bala —decía—, son sesenta dólares por carga...

Se interrumpió asustado: sabía que debía guardarse mucho de hablar en la mesa si no le preguntaban.

—¡Dios bendito! ¿Oyes a este niño? —exclamó Madre.

—Bien, bien, hijo —dijo Padre—, veo que has estado estudiando con alguna finalidad.

Apuró el té de su platillo, lo dejó sobre la mesa y miró de nuevo a Almanzo.

—Lo que se aprende es conveniente llevarlo a la práctica. ¿Quieres venir mañana conmigo a vender esa carga de heno?

—¡Oh, sí, por favor, Padre! —casi gritó Almanzo.

¡No tendría que ir a la escuela a la mañana siguiente! Se subió de un salto sobre la carga y se tendió boca abajo dando patadas. Debajo suyo veía el sombrero de Padre y más allá los gruesos lomos de los caballos. Se encontraba tan alto como si estuviera encima de un árbol.

La carga oscilaba ligeramente, el carro crujía y las patas de los caballos producían sordos sonidos al pisar sobre la dura nieve. El aire era claro y frío, el cielo muy azul y los campos nevados relucían.

Poco después de pasar sobre el río de las Truchas, Almanzo distinguió una cosa negra y pequeña junto a la carretera. Cuando pasó el carro por allí, se inclinó sobre el borde y le pareció que era una cartera. Gritó y Padre detuvo los caballos para que él bajase a recogerla: era un billetero negro.

El muchacho trepó sobre las balas de heno y los caballos siguieron su camino. Examinó el contenido. Lo abrió y comprobó que estaba lleno de billetes de banco. No había ningún indicio que demostrara a quién pertenecían.

Se lo entregó a Padre y él le dio las riendas. El tronco parecía muy lejos abajo con las cuerdas colgando hasta el collerón y Almanzo se sentía muy pequeño, pero le gustaba conducir. Sujetó con cuidado las riendas‘y los caballos prosiguieron su marcha. Padre inspeccionaba el billetero y contaba el dinero.

—Hay mil quinientos dólares —dijo por fin—. ¿Pero a quién deben pertenecer? Sin duda es un hombre que recela de los bancos o no llevaría tanto dinero encima. Por las arrugas de los billetes se comprende que los ha llevado algún tiempo consigo. Son billetes grandes y están apretujados, por lo que probablemente los cobró de golpe. ¿Quién es desconfiado, tacaño y ha vendido algo de valor últimamente?

Almanzo no lo sabía, pero Padre no esperaba que él le respondiera. Los caballos rodearon una curva en la carretera con tanta seguridad como si Padre los hubiera conducido.

—¡Thompson! —exclamó Padre—. ¡El vendió unas tierras el pasado otoño! Teme a los bancos y es desconfiado y tan tacaño que pelaría una pulga por su sebo. ¡Thompson es nuestro hombre!

Se metió el billetero en el bolsillo y cogió de nuevo las riendas.

—Trataremos de encontrarlo en la ciudad —dijo.

En primer lugar fueron a ver al propietario de Alquiler y Venta de Coches y Piensos. El dueño salió y Padre permitió a Almanzo que vendiera el heno. Se situó en segundo plano y no dijo nada mientras el muchacho explicaba al hombre que aquel heno era de excelente alfalfa y trébol, limpio y brillante, y las balas muy sólidas y de buen peso.

—¿Cuánto quieres por ello? —preguntó el hombre.

—Dos dólares quince la bala —dijo Almanzo.

—No pagaré ese precio —repuso el hombre—. No lo vale.

—¿Qué precio considera justo? —inquirió Almanzo.

—No superior a dos dólares —repuso el hombre.

—De acuerdo, acepto —dijo el muchacho rápidamente.

El hombre miró a Padre sorprendido, se echó atrás el sombrero y preguntó a Almanzo por qué había valorado el heno a dos dólares quince en primer lugar.

—¿Lo aceptará a dos dólares? —preguntó Almanzo.

El hombre asintió.

—Bien —repuso el muchacho—. Le pedí dos quince porque si le pedía dos no me habría pagado más que uno setenta y cinco.

El hombre rió y dijo a Padre:

—Este chico suyo es muy listo.

—El tiempo lo demostrará —repuso Padre—. Muy buenos principios hacen un mal fin. Está por ver el resultado final.

Padre no tomó el dinero del heno. Dejó que Almanzo lo cogiera y lo contara asegurándose de que estaban los sesenta dólares.

Entonces fueron al almacén de míster Case. Aunque siempre estaba lleno de gente Padre hacía allí sus negocios porque míster Case vendía mercancías más baratas que otros comerciantes. El hombre decía: «Prefiero ganar muchos seis peniques rápidos que doce chelines más despacio.»

Almanzo se quedó entre la gente aguardando con Padre mientras míster Case servía a los que habían llegado antes. Míster Case era cortés y amable con todos por igual: tenía que serlo porque todos eran sus clientes. Padre también era cortés con todos, pero más amable con unos que con otros.

Al cabo de un rato Padre dio a Almanzo el billetero y le dijo que buscase a míster Thompson mientras él se quedaba en el almacén esperando a que llegase su turno. No podían perder tiempo si querían volver a casa para realizar oportunamente las tareas. Por la calle no se veían otros muchachos: todos estaban en la escuela. A Almanzo le gustaba pasear por la calle con tanto dinero y pensaba lo que se alegraría míster Thompson de recuperarlo.

Lo buscó infructuosamente por los almacenes, la barbería y el banco. Luego vio su tronco de caballos detenido en una acera, frente a la tienda de carros de míster Paddock. Abrió la puerta del alargado y bajo edificio y entró. Míster Paddock y míster Thompson estaban de pie junto a la ventruda estufa examinando un trozo de nogal y cambiando impresiones. Almanzo aguardó porque no podía interrumpirles.

En el edificio hacía una grata temperatura y se percibía olor de virutas, cuero y pintura. Más allá de la estufa dos obreros fabricaban un carro y otro pintaba rojas y delgadas líneas en los radios de una calesa nueva. La calesa resplandecía rutilante con su negra pintura. Largos rizos de virutas se amontonaban por el suelo y el ambiente era tan agradable como un establo en día de lluvia. Los obreros silbaban mientras medían, marcaban, aserraban y cepillaban la madera que despedía un agradable olor.

Míster Thompson discutía el precio de un carro nuevo. Almanzo decidió que el hombre no le gustaba a míster Paddock, pero que trataba de vendérselo. Calculaba el precio con su gran lápiz de carpintero y trataba amablemente de convencer a míster Thompson.

—Comprenda, no puedo reducir más el precio y pagar a mis hombres —decía—. Le estoy haciendo mi mejor oferta. Le garantizo que le haremos un carro a su gusto o, caso contrario, estará en libertad de dejarlo.

—Bien, quizás vuelva a verlo si no encuentro nada mejor —repuso suspicaz míster Thompson.

—Encantado de servirle —dijo míster Paddock.

Entonces distinguió a Almanzo y le preguntó cómo iba su cerdo. A Almanzo le gustaba el corpulento y jovial míster Thompson que siempre le preguntaba por Lucy.

—Ya debe pesar alrededor de ciento cincuenta libras —repuso. Entonces se volvió a míster Thompson y le preguntó:

—¿Ha perdido usted un billetero?

Míster Thompson se sobresaltó, se llevó la mano al bolsillo y exclamó:

—¡Sí! ¡Y en él llevaba mil quinientos dólares! ¿Qué sucede? ¿Qué sabes tú de eso?

—¿Es éste? —le preguntó Almanzo.

—¡Sí, sí, sí, eso es! —repuso míster Thompson cogiendo el billetero. Lo abrió y sacó apresuradamente el dinero. Contó los billetes dos veces y parecía exactamente un hombre pelando una pulga por su sebo.

Suspiró aliviado y dijo:

—Bien, este tramposo no me ha robado nada.

Almanzo se sonrojó hasta las orejas y sintió deseos de golpear a aquel hombre.

Míster Thompson se metió la delgada mano en el bolsillo de los pantalones y rebuscó sacando algo de ellos.

—Ten —dijo poniendo en la mano de Almanzo una moneda de cinco centavos.

El muchacho estaba tan enfadado que la ira le cegaba. Odiaba tanto a míster Thompson que hubiese querido causarle daño.

El hombre le había llamado tramposo y aquello era lo mismo que llamarle ladrón. Almanzo no quería sus miserables centavos. De pronto se le ocurrió lo que debía responderle.

—Tome —dijo devolviéndole el dinero—. Guárdese su moneda. No tengo cambio.

El ruin e indigno rostro de míster Thompson enrojeció hasta las raíces del cabello. Uno de los obreros profirió una burlona carcajada. Míster Paddock se adelantó enojado hacia míster Thompson.

—¡No llame ladrón a ese muchacho, Thompson! —dijo—. Y tampoco es un mendigo. Así es como usted le ha tratado, ¿no es eso? Le está devolviendo sus mil quinientos dólares y usted le llama ladrón y le da cinco centavos. ¿Cómo se atreve?

Míster Thompson retrocedió, pero míster Paddock fue tras él agitando el puño bajo su nariz.

—¡Miserable tacaño! —exclamó—. ¡No permitiré que suceda algo semejante delante mío, en mi propia casa! ¡Un muchacho decente, honrado y bueno y usted...! ¡Ahora mismo le partía a usted...! ¡Le dará cien dólares de ese dinero, y en este momento! ¡No, serán doscientos! ¡Doscientos dólares, digo o aténgase a las consecuencias!

Míster Thompson trató de decir algo y también Almanzo, pero míster Paddock apretaba los puños y los músculos de sus brazos abultaban.

—¡Doscientos! —gritó—. ¡Entrégueselos ahora mismo o yo cuidaré de ello!

Míster Thompson se encogió aún más sin dejar de mirar a míster Paddock. Se humedeció el pulgar y contó apresuradamente unos billetes que tendió a Almanzo.

—Míster Paddock... —comenzó.

—¡Ahora váyase de aquí si sabe lo que le conviene! ¡Afuera, míster Thompson! —vociferó.

Y sin dar tiempo a reaccionar a Almanzo se encontró frente a él con los billetes en la mano y míster Thompson cerrando de un portazo a sus espaldas.

El muchacho estaba tan excitado que tartamudeaba. Dijo a míster Paddock que no creía que a Padre le gustara aquello. Se sentía muy incómodo tomando todo aquel dinero y sin embargo deseaba conservarlo. Míster Paddock le dijo que él hablaría con Padre. Se bajó las mangas de la camisa, se puso la chaqueta y exclamó:

—¿Dónde está tu padre?

Almanzo se veía obligado a correr siguiendo los largos pasos de míster Paddock. Apretaba los billetes en su mano. Padre estaba colocando los paquetes en el carro. Míster Paddock le contó lo sucedido.

—¡Por poco le aplasto su sucio rostro! —concluyó—. Me chocó cuánto le dolía dar dinero y considero que el chico tiene derecho a ello.

—No creo que nadie tenga derecho a nada por actuar honradamente —protestó Padre—, aunque debo confesar que aprecio los arrestos que has demostrado, Paddock.

—Pienso que sólo merecía gratitud por devolver a Thompson su dinero —repuso míster Paddock—. Pero sería demasiado pedirle que por añadidura soportase sus insultos. Estoy convencido de que Almanzo tiene derecho a esos doscientos dólares.

—Bien, pareces tener cierta razón —decidió Padre finalmente—. De acuerdo, hijo, puedes quedarte con ese dinero.

Almanzo alisó los billetes y los miró: doscientos dólares. Era tanto como el comprador de caballos había pagado por los que Padre le vendió.

—Te estoy muy agradecido por defender al chico como lo has hecho, Paddock —dijo Padre.

—Bien puedo permitirme perder un cliente de vez en cuando por una buena causa —repuso él. Y preguntó a Almanzo—: ¿Qué vas a hacer con todo ese dinero?

Almanzo miró a Padre.

—¿Puedo ponerlo en el banco? —le preguntó.

—Es el lugar más apropiado para guardarlo —repuso él—.

¡Doscientos dólares! Yo te doblaba la edad cuando tuve tanto dinero.

—Y yo aún era más viejo —observó míster Paddock.

Padre y Almanzo fueron al banco. El muchacho apenas llegaba al mostrador del cajero. Éste, sentado en su alta silla, con una pluma detrás de la oreja, alargó el cuello parar mirar a Almanzo y preguntó a Padre:

—¿No sería mejor ingresarlo en su cuenta, señor?

—No —dijo Padre—. El dinero es del chico. Que disponga de él a su comodidad. Así aprenderá.

—Sí, señor —dijo el cajero.

Almanzo tuvo que escribir dos veces su nombre. Entonces el cajero contó cuidadosamente los billetes, anotó el nombre de Almanzo en una libreta así como la cifra de doscientos dólares y se la entregó.

Cuando Almanzo salía del banco, le preguntó a su padre:

—¿Cómo podré sacar el dinero?

—Cuando lo pidas, te lo devolverán. Pero recuerda esto, hijo: mientras el dinero esté en el banco trabajará para ti. Cada dólar que tengas depositado te producirá cuatro centavos al año. Es la perspectiva más clara que existe para ganar dinero. Cada vez que desees gastar un centavo detente a pensar cuánto trabajo cuesta ganar un dólar.

—Sí, Padre —repuso Almanzo.

Pensaba que tenía dinero más que suficiente para comprarse un potro. Podría domar un potrillo suyo y enseñárselo todo. Padre nunca le permitiría domar uno de sus potros.

Pero no concluyó así aquel día tan emocionante.

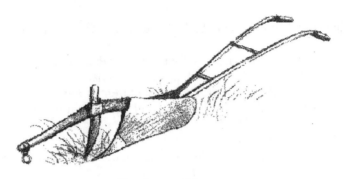

Capítulo Veintinueve

EL CHICO GRANJERO

Míster Paddock se reunió con Almanzo y Padre cuando salieron del banco y manifestó a Padre que tenía algo que decirle.

—Hace tiempo que me proponía hablarte de tu hijo —anunció.

Almanzo estaba sorprendido.

—¿Has pensado alguna vez en hacerlo carretero? —preguntó míster Paddock.

—Pues bien, no —repuso lentamente Padre—. Confieso que nunca se me ha ocurrido.

—Bien, piénsalo —dijo míster Paddock—. Es un negocio floreciente. El país está creciendo, la población aumenta constantemente y la gente necesita carros y calesas para viajar de uno a otro lado. Los ferrocarriles no nos perjudican: cada vez tenemos más clientes. Es un buen comienzo para un joven inteligente.

—Sí —repuso Padre.

—Yo no tengo hijos y tú tienes dos —prosiguió míster Paddock—. Tendrías que pensar en que Almanzo comience a defenderse en la vida sin perder tiempo. Dámelo como aprendiz y lo trataré bien. Si resulta tal como imagino, con el tiempo el negocio será para él. Será un hombre rico, quizás con quinientos hombres trabajando a sus órdenes. Vale la pena pensar en ello.

—Sí —respondió Padre—. Vale la pena pensarlo. Te agradezco lo que me has dicho, Paddock.

Padre no habló durante el camino de regreso. Almanzo iba

sentado junto a él en el asiento del carro y tampoco dijo nada. Habían sucedido tantas cosas que sus pensamientos se confundían.

Recordaba los dedos manchados de tinta del cajero, los delgados bigotes de míster Thompson, retorcidos en las puntas, los puños de míster Paddock y el atareado, cálido y alegre taller de carros. Pensó que si fuera aprendiz de míster Paddock no tendría que ir a la escuela.

Con frecuencia había envidiado a los obreros de míster Paddock. Su trabajo era fascinante. Las delgadas y largas virutas se enroscaban en los agudos bordes de las chapas y los obreros acariciaban la lisa madera. A Almanzo aquello le gustaba. También le gustaría extender pintura con grandes brochas y líneas finas y rectas con el pincel puntiagudo.

Cuando se acababa una calesa, rutilante y recién pintada, o cuando se hacían carros, con todas sus piezas de firme y excelente nogal o roble, las ruedas pintadas de rojo, el pescante en verde y un dibujito en la tabla posterior de la plataforma, los obreros se sentían orgullosos. Hacían carros tan consistentes como los trineos de Padre y mucho más hermosos.

Entonces Almanzo palpó la libreta de banco que llevaba en el bolsillo y pensó en un potro. Deseaba tener un potro de esbeltas patas y ojos grandes y dulces como los de Estrella Luminosa. Deseaba enseñárselo todo al potrillo, como se lo había enseñado a Estrella y a Brillante.

De modo que Padre y Almanzo llegaron a casa sin decir nada. El aire era tranquilo y frío y los árboles parecían negras líneas trazadas sobre la nieve y el cielo. Cuando llegaban a su hogar era hora de realizar las tareas. Almanzo ayudó como siempre, pero perdió algún tiempo contemplando a Estrella Luminosa. Acarició su suave y aterciopelada testera y pasó la mano por la firme curva de su cuello, bajo la crin. El animal mordisqueaba con suavidad su manga.

—¿Dónde estás, hijo? — le llamó Padre.

Almanzo se apresuró a ordeñar, sintiéndose culpable.

A la hora de la cena comía muy erguido mientras Madre comentaba lo que había sucedido.

Decía que jamás en su vida... que si la pincharan no le sacarían sangre, y que no sabía por qué era tan difícil sacárselo todo a

Padre. El respondía a sus preguntas, pero al igual que Almanzo, estaba abstraído comiendo. Por fin Madre le preguntó:

—¿En qué estás pensando, James?

Entonces Padre le dijo que míster Paddock deseaba tomar a Almanzo como aprendiz.

Madre abrió los ojos sorprendida, enrojeció como su traje de lana y dejó caer el tenedor y el cuchillo.

—¡Jamás había oído nada semejante! —dijo—. Bien, cuanto antes se lo quites de la cabeza a míster Paddock, mejor. Supongo que le dirías lo que piensas. Me gustaría saber cómo diablos iba a vivir Almanzo en la ciudad, a disposición de cualquiera.

—Paddock se gana muy bien la vida —observó Padre—. Supongo que la verdad es que ingresa más dinero en el banco que yo. Él considera que es un buen porvenir para el chico.

—¡Vaya! —replicó Madre. Estaba terriblemente enfadada—. Bien marchará el mundo si cualquiera cree que progresa dejando una buena granja y yéndose a la ciudad. ¿Cómo hace míster Paddock su dinero si no es suministrándonos? Supongo que si no hiciera carros para los granjeros no duraría mucho.

—Eso es cierto —repuso su padre—, pero...

—¡No hay peros que valgan! —respondió Madre—. ¡Oh, bastante triste ha sido ver a Royal diciendo que quiere ser tendero! Tal vez haga dinero, pero nunca será como tú, adaptándose a los demás para ganarse la vida... Nunca será capaz de ser un hombre independiente.

Almanzo pensó que su madre se echaría a llorar.

—¡Vamos, vamos!— dijo Padre tristemente—. ¡No te lo tomes tan a pecho! Quizás sea lo mejor para él.

—¡No permitiré que Almanzo siga ese camino! —gritó Madre—. ¡No lo permitiré!, ¿me oyes?

—Pienso lo mismo que tú —dijo Padre—, pero es él quien tendrá que decidir. Podemos tenerlo en la granja legalmente hasta que tenga veintiún años, pero de nada servirá si desea irse. No, si Almanzo piensa como Royal, mejor será que lo entreguemos a Paddock como aprendiz cuando aún es joven.

Almanzo seguía comiendo. Escuchaba, pero paladeaba el grato sabor del cerdo asado y la salsa de manzanas en todos los rincones de su boca. Tomó un largo y frío sorbo de leche, suspiró, hundió a fondo la servilleta y tomó su pastel de calabaza.

Cortó la palpitante punta del dorado pastel tostado con especies y azúcar que se le deshacía en la lengua y toda su boca y nariz sintieron aquel sabor. Hoyó que Madre decía:

—Es demasiado joven para saber lo que quiere.

Almanzo dio otro gran bocado al pastel. No podía hablar hasta que le preguntaran. Pero pensaba que era bastante mayor para saber que prefería ser como Padre que como cualquier otra persona. Ni siquiera quería ser como míster Paddock, que tenía que complacer a seres miserables como míster Thompson o perder la venta de un carro. Padre era libre e independiente. Si quería adaptarse para complacer a alguien, lo hacía por su gusto.

De pronto se dio cuenta de que Padre le había hablado. Tragó saliva y casi se ahogó con el pastel.

—Sí, Padre —dijo.

Padre tenía aspecto solemne.

—Hijo —prosiguió—, ya has oído lo que dijo Paddock acerca de que fueras su aprendiz.

—Sí, Padre.

—¿Qué opinas sobre ello?

Almanzo no sabía exactamente qué decir. No imaginaba que pudiera decir nada. Tenía que hacer lo que dijera su padre.

—Bien, hijo, piensa en ello —añadió Padre—. Quiero que seas tú quien tome la decisión. Con Paddock tendrás una vida cómoda en algunos aspectos. No necesitarás salir haga el tiempo que haga. En las frías noches de invierno podrás yacer cómodo en tu lecho y no preocuparte porque pueda helarse el ganado joven. Llueva o haga sol, nieve o haga viento, estarás bien cobijado. Te hallarás encerrado entre paredes. Probablemente tendrás mucho que comer y vestir y dinero en el banco.

—¡James! —protestó Madre.

—¡Es la verdad y debemos ser sinceros con él! —respondió Padre—. Pero también hay otro aspecto que considerar, Almanzo. Deberás depender de otra gente, hijo. En la ciudad todo cuanto consigas lo obtendrás de los demás.

»Un granjero depende de sí mismo, de la tierra y del tiempo. Si eres campesino, cultivarás lo que comas, cultivarás lo que vistas y te mantendrás caliente con tu propia leña. Trabajarás duro, pero trabajarás en lo que te plazca y nadie podrá decirte lo que debes hacer. En una granja serás libre e independiente, hijo.

Almanzo se revolvió inquieto. Padre le miraba muy fijamente y también Madre. No quería vivir dentro de paredes y agradar a gente que no le gustara y nunca tendría caballos, vacas y campos. Deseaba ser igual que su padre, pero quería decírselo.

—Tómate tiempo, hijo. Piénsalo —dijo Padre—, y decide lo que quieres.

—¡Padre! —exclamó Almanzo.

—¿Sí, hijo?

—¿Puedo realmente hacer lo que quiera?

—Sí, hijo —le alentó su padre.

—¡Quiero un potro! —exclamó Almanzo—. Me gustaría comprarme un potro para mí solo con esos doscientos dólares y que me dejaras domarlo.

Padre ensanchó su rostro en amplia sonrisa. Dejó su servilleta en la mesa, se recostó en la silla y miró a Madre. Luego se volvió a Almanzo y dijo:

—Vas a dejar ese dinero en el banco, hijo.

Almanzo sintió que todo se hundía en su interior y de pronto, súbitamente, el mundo fue grande, brillante, difundiendo un resplandor de cálida luz, porque Padre prosiguió:

—Si lo que quieres es un potro, te daré a Estrella Luminosa.

—¿Para mí solo, Padre? —balbució Almanzo.

—Sí, hijo. Podrás domarlo y conducirlo y cuando tenga cuatro años, venderlo o conservarlo, como desees. Lo primero que haremos mañana por la mañana será sacarlo con una cuerda y comenzarás a domarlo.

ÍNDICE